東大8年生

自分時間の歩き方

タカサカモト著

徳間書店

はじめに

この本は、過疎化が止まらない鳥取で砂丘の近くに生まれ育ち、スタバのスの字も知らぬまま高校卒業を迎え、運良く東京大学に受かって進学したものの、東京にも世の中にもうまく適応できず迷ってしまった田舎者が、ある授業を通じて出会った恩師の助言をきっかけに「自分の時間を生きる」ことを決意した結果、期待も想像もしていなかった方向に人生が流れていったその日々を振り返った記録と記憶の1冊だ。

夜汽車に乗って上京したあの日、僕が思い描いていたのは、大学卒業後は外交官を経て国連職員として海外で働き、40歳を過ぎたら地元に戻って高校教師になる未来だった。大学も当然、4年で卒業するものと信じて疑わなかった。

休学を重ねて卒業までに8年の歳月が流れる未来も、メキシコの路上でタコスを売って生活する未来も、当時はまだ存在しなかったＹｏｕＴｕｂｅをきっかけに、突然、ブラジル移住を目指す未来も、あのころの僕に話したって信じられないと思う。

世の中の大きな時間の流れにうまく順応するか、あるいはそこから外れていく自分を引き留めることなく生きていくか。どちらの道を選んでも苦しみがあることを、あのとき、恩師はあらかじめ教えてくれていた。結局、僕は後者を選んだ。

あの選択から、もう20年近く経つ。予定の倍の時間をかけて迎えた大学卒業からも10年が過ぎた。

現在の僕は、昔からの夢だった子育てを妻と一緒に楽しみながら、その合間に自宅の仕事場で働く生活を送っている。ときどき東京都内に出かけたり、海外に出かけたりもする。仕事はそのときどきで、いろいろなことをやってきた。

近年はおもにプロサッカー選手に語学や異文化コミュニケーションを教えながら、通訳やコンサルタントとしても働いている。

幸い仕事のストレスはゼロに近く、必要としてもらえるかぎりは今後も続けていきたいと思っているけれど、過去にそうだったように、また何かのきっかけで大きく変わる未来もあるかもしれない。

高校卒業まで鳥取弁しかまともに話せなかった田舎の少年も、東京で英語、メキシコでスペイン語、ブラジルでポルトガル語を覚えて話せるようになった。

最近はオンラインで、また新たな言語を学んでいる。画面越しにいろんな国の先生達から教わるのはとても楽しい。

世の中に合わせることと、自分に素直な生き方を貫くことと、どちらを選ぶことが自分にとって最良の選択だったのかは、確かめる術《すべ》もなく、永遠にわからないだろう。

それでも、少なくとも自分の決断を後悔したことはこれまでに一度もないし、幸せな人生だと感じている。苦しみ抜いた先に穏やかな日常が待っていたことは紛れもない事実であり、今後もそれが続いてくれることを願っている。

本書には「自分時間の歩き方」と副題がついている。しかし決して、僕が読者のみなさんにそれを指南するような内容の本ではないことをあらかじめお断りしておく。

勢いよく上京したものの、人生の始め方がわからず涙目でヨチヨチ歩きまわり、その後も世の中をさまよってウロウロ歩き続ける羽目になった僕のような人間に、そんな資格などあるわけがない。

僕にできるのは、そうした紆余曲折のなかで経験した出来事を、ただ振り返り、いくらかの反省やそこで得た視点とともに、なるべく正確に書き残すことくらいだ。

それは同時に、その道中で出会った、生き方も背景もさまざまな多くの魅力的な人たちの姿や言葉を記録する作業でもある。

この本の物語は２００４年４月、新年度の初々しい喧騒に包まれた東京大学駒場キャンパスの、ある教室の風景とともに幕を開ける。

まずはあの衝撃的で刺激的な唯一無二の授業を、当時の僕と一緒に受けていただければと思う。

そこから先は、あっちに行ったりこっちに行ったり、導かれるままにいくつかの旅を経験することになる。それらはいずれも自ら選んだともいえるし、結局のところ選ぶ余地などなかったともいえる。

詳しくは本文を読み進めていただくしかないが、一種のリアリティショーでも観るようなつもりで、あるいは遊園地のアトラクションにでも乗ったつもりで、肩の力を抜いて面白がっていただければ嬉しい。

それでは、最後のページでまたお会いしましょう。

目次

第3章 帰国後の停滞と光明

第4章 ブラジル移住計画

第5章 ネイマールとの邂逅

第6章 鳥取で寺子屋づくり

第7章 ブラジルがくれたもの

第8章 新しい景色

第9章

砂漠で命に祝福を

第1章

人生を変えた授業

東京大学、授業初日

２００４年４月９日金曜５限、東京大学駒場キャンパス。入学初日の午後のことだった。各授業を自由に見てまわりながら、履修する授業を選択することになっていたこの日、２年生の先輩に強く勧められて何となく足を運んだその教室で、僕は人生を変える出会いを経験することになる。

それは、科学史・生命倫理学専攻の小松美彦教官による「科学史」の授業だった。

科学史という分野に興味があったわけではない。興味以前に、そういう分野があること自体もよく知らないようなレベルだった。だから、授業の名前を聞いた時点では、恥ずかしながら教官の名前もまったく知らなかったし、この授業が、実は当時の駒場キャンパスでトップクラスの人気授業だったことも、もちろん知らなかった。

それでも、いざ教室に着席して教官の話を聞いてみると、すぐにほかとは違う特別な雰囲気が感じられて、瞬く間《ま》にこの授業に興味が湧いた。その前に覗いていたほかのいくつもの授業と比べたときに、教官のもつ気迫が明らかに違ったのだ。それは、覇気やオーラと言い換えてもよいかもしれない。

東大に入学し、全授業の概要が掲載されたシラバスと呼ばれるガイドブック（現在はオンラインのみだが、当時は紙だった）を手にしてからというもの、あまりに面白そうな授業ばかり並んでいることに知的好奇心が止まらず、どの授業を履修するかより、むしろ、どれを履修しないかを決めねばならないような気持ちになっていた。

そんな状態で迎えた授業初日、シラバス上に溢れかえっていた魅力的な授業の多くが実際には存在せず、代わりにまったく覇気のない冗長なおしゃべりを聞かされるだけの、退屈極まりない授業ばかりであったことを目の当たりにして愕然とした。

そして、昼休みを迎えるころには、すでにいくばくかの失望を感じていた。

一般に大学の教官というのは、教育者より研究者としてその職に就いた人が少なくない。だから、シラバス上に書かれた文章の素晴らしさに比べ、教室で話すときのキレや魅力が落ちてしまうことがあるのは、ある意味でしかたないことだったのかもしれない。多くの教官は自著を授業のテキストや参考書に指定していて、その内容が授業のベースになっているることが多かったのだけれど、授業はつまらないのに、著書を読んだらウソのように面白くて勉強になったということが、その後の学生生活で実際に何度もあった。

とはいえ、きわめて未熟だった当時の自分に、目の前の教官達の深い知的魅力を感じ取れるだけの知性や洞察力が備わっていなかったことも間違いないだろう。あるいは、僕の勝手な期待が大きすぎたというのもある。実際、ちゃんと探せば面白い授業や魅力的な教官はほかにも見つかったし、僕にはまったく面白くなくてもほかの友人達には響いている授業もあるようだった。

それでも少なくともこの授業初日においては、まだうまく言葉にはしきれなかったものの、午前中に見てまわった多くの教室に漂っていた予想外の雰囲気に、深くがっかりしてしまったというのが僕の偽らざる本心だった。

そうした経緯もあったので、5限目にしてようやく出会った小松教官が放っていた独特の迫力は、まさに、僕が夢中でシラバスを読み漁っていたときに求めていた空気感、緊張感、そのものだった。やっと見つけた、という気持ちだった。

こうして巡り合った科学史の授業だったが、この初回の授業でもう一つ興味を引かれたのが、その場で発表された授業の評価方法だった。

たいてい、大学の授業というのは試験かレポート、またはその両方によって評価されて成績が決まる。

この科学史の授業の場合は期末試験のみということで、それ自体はまったく珍しい方法ではなかったが、面白かったのは2種類の試験を用意すると宣言されたことだ。

具体的には、「授業に出た学生用」と「授業に出なかった学生用」の2種類で、前者は普通に毎回、授業に参加した人のための通常の期末試験を意味する。

独特なのは後者だ。曰く、「授業には出られないけれど、何らかの理由で単位は必要だという学生」に向けて、試験さえ受ければそれで単位を取得できるかたちを採るということだった。学生にしてみれば、実に理解のある教官ということになる。

試験問題もその場ですぐに発表されて、教官が指定する3冊の本の中から1冊を選び、それを読んだうえで試験当日、書評を書くというものだった。

その3冊のうち2冊が教官の自著で、もう1冊は別の著者による生物学の本だった。この残りの1冊は、小松先生の研究者人生における原点となった1冊だったことをのちに知る。これは推測にすぎないが、学生からの書評を通じて、何か思わぬ角度からの指摘や批評、批判が得られることを期待していたのかもしれない。

何年かのち、「自らの論著なら多少のごまかしがきくのに比べ、書評を書くと嫌でもその人の実力が出る。書き方にその人の知性や人格が滲み出る」といった意味のことを、先生が話すのを聞いたことがあった。そう考えると、ただ、親切なだけでなく、ある意味で恐ろしい試験でもあったのかもしれない。

ちなみに、この「授業に来なかった学生のための試験」というのは、実はその受験者達、つまり授業に来ない学生達のためだけの仕組みでもない。

むしろ、単位だけが目的の学生をあらかじめ授業から排除することによって、本気で授業に臨む学生だけの時空間を教室に生み出す仕組みといったほうが正確かもしれなかった。

実際、「授業に出ると決めた学生は、できるかぎりすべての回に出席してください」と明確に要求されたたし、逆に単位だけ欲している学生達には、「それではまた、試験の日に」と、これもはっきり告げられていた。

要するに、「教室には真剣な人間しか来てほしくない」というメッセージであり、0か100か、どちらか一つの関わり方しか許されない授業だったのだ。

この授業に対する教官の本気が明確に伝わったたし、同時にこの試験方法ひとつ聞いただけでも、いかに考え抜かれたうえで綿密に設計された授業であるかを予感することができた。

結局、この授業は最後までずっと大教室が満員だった。当時のキャンパス全体を見渡しても、そのような授業は決して多くはなかったと思う。

文字どおり、右も左もわからない状態で田舎から上京してきた僕は、この授業、そして小松先生との出会いを通じて、人生を大きく変えられることになるのだった。

「この授業でみなさんに要求することは、たったひとつだけです」

初回のガイダンスを経て、本格的な授業開始日となった2回目の冒頭だった。あらためて小松先生から、授業の方針が語られた。

「**自分の目で見て、自分の心で感じて、自分の頭で考える。一見簡単なようで実は存外に難しい、たったこれだけのことを、みなさんには、つねに実践してほしいし、できるようになってもらいたいと思います。**そして、自らの目、自らの心、自らの頭で見て感じて考えた先に、生とは何か、死とは何か、生きるとは何か、死ぬとは何かということについて、いまから3カ月後に迎える最終授業の日、みなさんの考えが、いまより一歩でも深まっていたとしたら、この授業は成功です」

つねにピンと伸びた背筋に鋭い眼光、そして、緊張感とともによく響く独特の魅力的な声から発せられる言葉には、こちらの背筋も自然と正されるような不思議な説得力があった。いきなり、僕が想像していた「科学史」っぽくない内容の話ではあったが、とにかく面白い授業が始まりそうな気配が漂っていたので、この時点で出席を続けることに決めていた。

実際に授業が始まると、たんに教官がその知識を学生に伝えるだけではなく、「高校教師」や「必殺仕置人」などのテレビドラマ、各種ドキュメンタリー、国会で審議された実際の法案のテキスト、漫画『あしたのジョー』など、さまざまな素材を批評的、分析的に読み解くことを通じて、自分なりの視点で物事を見ていく手法や心得を、具体的に教わっていくことになった。

あえて一言で言うなら、教官の専門分野の基本的な知識と同時に、幅広く応用できるものの見方や考え方も学べる授業ということになる。

当時のキャンパスで名物授業と呼ばれていたのも納得だった。

全十数回の授業の内容をここですべて再現することはしないけれど、代わりにとくに印象深かった先生の言葉や、いくつかのシーンを振り返りながら、そのエッセンス部分だけでもご紹介したいと思う。

何かが語られているときに何が語られていないか

「何かが語られているときに何が語られていないか、何かを見せられているときに何が見せられていないか。つねにもう一方の現実に目を向ける批判的な姿勢をもってください」

この言葉は、メディアの報道やドキュメンタリー作品を題材として取り上げたあと、その内容をあらためて解説するなかで先生の口から語られた言葉だ。

いわゆる、メディアリテラシーというものを、これ以上ないくらい見事に、自然な日本語で言い換えた至言として、いまも自分の中に残っている。

一般に情報というのは、テキストより映像で見せられると、「実際の様子を映像で確認した」意識になってしまいがちだ。

しかし、そうした映像にも多かれ少なかれ、必ず編集というかたちで製作者や発信者の意図が入っている。その意図を、まるで自分自身の主体的な意図であるかのように無意識に取り入れてしまうことがある。

そのことをしっかりと自覚し、見せられていないもの、語られていないもののなかにある隠れた意図まで見通すことができるようにということだった。

つまり、健全な意味で、知的に疑うということの大切さだ。この視点を、教壇に立つ小松美彦自身に向けることも含めて、先生は期待していたと思う。実際にこの数年後、小松先生の少人数ゼミで、こんなことがあった。

先生自身の論文がテキストとして指定されていた回で、発表担当者だった親友の一人が、思い切り挑戦的で批判的な分析・批評を、目の前のご本人に対して展開してみせたのだ。

このとき、先生は明らかに嬉しそうにニヤリと笑っていて、発表後のコメントの一言目は「面白かったです」だった。ちなみにこの教えは、書籍や映像作品、報道などを見るときだけでなく、人を知るうえでも自分の中に息づいている。

人が何を語るかも大切だが、何を語らずにいるか、あるいは何をせずにいるかというのは、語られた内容、示された内容と同じか、ときにはそれ以上に雄弁にその人のことを伝えてくれる。とくに人の知性や品性というのは、むしろその「ない」ほうの部分に表れると感じることが多い。僕は昔から落ち着きがなく、おしゃべりで余計なことを言ってばかりの人間だったので、何を言わないか、何をしないかということを、この学びをきっかけにいっそう気をつけるようになった。

別の授業でのことだ。

授業の中で何かの映像資料を観終わったあと、窓の暗幕が開いて照明が再び灯り、教室が明るくなると同時に全体がザワついたときに、先生が一言、こう言い放った。

「君達もう大学生なんだから、何かを観終わったあとに、すぐに声を出すのはやめなさい。それは他人の世界も自分の世界も壊すことだから」

思えば、小学生のころから、教室を暗くして何かの映像を観た直後は、みんなが思い思いの感想を隣の人とシェアしたりしてザワついてしまうのがお決まりだった。そのお馴染みの光景は、大学生になっても大きく変わらない、というわけだ。

この日の僕は、たまたま隣に話し相手もいなくて黙っていたけれど、それ以上に、思い思いの言葉を口にする学生達の様子を何ともいえない表情で見守る小松先生の姿が印象的で、彼が何を考えているのかを想像しようとした。

何かを我慢するかのようにしばらく静観したあとで、件《くだん》の言葉を放ったのだ。直後に教室中が静まり返ったことはいうまでもない。

この「他人の世界も自分の世界も壊す」という言葉は、深く心に刺さった。

言われてみれば、おっしゃるとおりだ。何かを観終わったあと、あるいは聴き終わったあとでもいい。余韻とともにその映像なり音色なりが、しばらく自分の内面に残っているその時間は、きわめて貴重なものだ。

直前の光景や出来事が自分だけの感覚に刻まれた、そのわずかな時間には、静寂のなかでこそ確かめられる物事、残しておける物事がある。

何も反芻《はんすう》もせず、不用意に感情のまま声を出し、その声で場の空気を未完成な自分色に染めてしまうことは、他者に対する一種の暴力であると同時に、自らの世界と可能性を損なう行為にもなる。あのように言葉にして伝えられるまで、考えたこともなかったけれど、いざ言われてみると、グウの音も出なかった。

また別の授業の際には、こんな言葉が印象に残った。

それは、授業の一環で、突然の不合理な出来事によって肉親を亡くされた方がゲストだったときのことで、彼女の赤裸々な体験談のあと、最後に先生がこう発した。

「まとめてはならないという意味でまとめられない話なので、僕からのコメントはありません。ありがとうございました」

ご自身の辛い記憶を思い返しながら、心のままを語ってくださったご遺族のお話は、当然、すっきり論理的なものではなく、そういう意味ではたしかに、まとまりのある話ではなかった。しかし、頭を使って論理的に整理しながら聞くべき話もあれば、それ以上に気持ちの部分で話し手の心情に寄り添いながら傾聴すべき話もある。

その意味で、最後の小松先生のコメントは、見も知らぬ数百人の学生達を前に勇気ある自己開示をしてくださったその方に対する、深い誠実さと礼儀正しさを感じさせるものだった。授業の一環として話していただいたことは事実だが、その貴重な時間やお話を、たんなる「教材」という手段や道具に堕してしまわせないという強い信念がそこにあったように思う。

また、そのゲストの方への「ありがとうございました」の直後、「みなさん、温かい拍手を」と学生達に呼びかけたときの先生の声色そのものが、厳しさがみなぎるいつもの調子とまったく違い、ただただ温かかったことも印象的だった。

「まとめてはならない話」、すなわち「他者が無遠慮に切り刻んではならない話」があるということを肌で感じられたことは、深い学びになった。

べつに頭は良くない。ただし目と鼻はいい

「俺はべつに頭は良くないよ。ただし目と鼻は良いけどね」

これは授業のあと、個人的な質問のある学生が並んでいた際に、僕のひとつ前に質問した学生に対する先生の回答だった。

その学生は、多少の緊張も手伝ってか、早口で上ずった調子でこう尋ねていた。

「あの、えっと、先生はすごく頭が良い方だと思うんですけど、どうやったら先生みたいに頭が良くなれるんですか？」

自分を棚に上げて失礼を承知でいえば、ちょっと、さすがにそれは、質問の仕方が雑すぎやしないかと思った。おそらく、彼が本当に表現したかったことに対して、たんに言葉がうまく追いつかなかったのだろうと思う。

とはいえ、当時は僕も小松先生を前にすると、その覇気に圧倒されて急にうまく話せなくなることが多かったので、その気持ちは痛いほどわかった。

いずれにしても、この質問に目の前の小松美彦その人が何と答えるかに対しては、とて

も興味が湧いた。答えは前述のとおりだ。

べつに頭は良くない。ただし、目と鼻は良い、と。前半の「頭は良くない」はたんなる謙遜ではなく、ある意味で本心からの言葉なのが明らかな口調だった。そして一瞬の間のあと、少しだけ悪戯っぽい目つきで語られた二言目には、むしろ、そこにこそ彼の大切にしているものがあると言わんばかりの含みが感じられた。

そこには「目と鼻が良い」という文字どおりの意味に留まらず、ほとんど、「目と鼻は鍛えている」に近いニュアンスがあった。

ラッキーというべきか、たまたま居合わせただけなのに、何だかすごいことを聞いてしまった気分だった。

ところで、授業初日から気になっていたのが、先生の姿勢の良さ、立ち姿の美しさだった。普通に立っているときに背筋がまっすぐなのは当然で、黒板の低い部分にチョークで字を書くときも、身を屈めず足を開いて腰をまっすぐ落とすことで姿勢を維持していた。映像資料を再生するためにビデオデッキを操作するときも、やはり決して背中を折ることはなく、必ず蹲踞《そんきょ》の姿勢だった。

授業後にキャンパス内の喫煙スペースで煙草をくゆらすときですら、至福のリラックスタイムであるにもかかわらず、背筋だけはつねに伸びていた。

姿勢の良い人には何人か出会ったことがあるが、そのなかでも小松先生の徹底ぶりは群を抜いていて、異常なレベルだった。ちなみに、この6~7年後、おもに姿勢が良すぎたことが原因で首を痛め、しばらくギプス生活を余儀なくされていたので、おそらく本当に異常だったのだと思う。人間、あまり姿勢が良すぎるのも良くないのだと、見ていて学ばせてもらった。

本題に戻ろう。そんな毎回の先生の様子を観察していて、一度どうしても、その姿勢の良さに関して、本人のコメントを引き出してみたくなった。

そこで、ある日の授業後、先生のもとに向かい、シンプルにこう尋ねた。

「姿勢を良くするには、どうしたらいいんですか?」

質問を聞いた小松先生は、こちらを見て一瞬、ニヤリと笑った。質問の意図が伝わった感じがして嬉しかったが、直後に発せられた答えは僕の想像の斜め上をいくものだった。

「思想、精神を良くするんだよ」

「え?」

あまりに予想外な答えに、悔しいが間抜けにも二度聞きしてしまった。先生は例の悪戯っぽい目つきのまま、もう一度、イチ単語ずつ丁寧に噛み締めるように、こう繰り返した。

「だから、思想、精神を、良くするんだよ」

「わかりました。ありがとうございます」

今度は僕もそう返し、そのまま引き取った。先生の返しは、僕が質問した「姿勢」に対し、「思想、精神」の頭文字をとって「しせい」とした駄洒落だったのだ。しかも、即答だったのだからいっそう恐れ入る。


「姿勢良く生きるとは、思想、精神を良くして生きること」


思わず考えさせられずにはいられない回答だった。

また、この授業が科学史、そのなかでも、生命倫理学分野を中心に扱う内容だったこともあり、死生《しせい》問題をテーマにしていたことも、よりこの思索を深いものにさせてくれた。

この日を境に、姿勢良く生きるとは、ある意味で「死生」良く生きることなのかもしれない、などと考えるようになった。とはいえ、のちの小松先生の、あまり格好良くないギプス姿のイメージもバッチリ記憶に焼き付いているので、あくまで首を痛めない程度のちょうど良い塩梅で、「しせい」良く生きていきたいと思っている。

言っとくけど野球部だから

この授業に魅了された僕は、せっかくならば、あの不思議な魅力を湛えた覇気ある教官にちゃんと顔を覚えられたい、そのうえでいろんなことを教わりたいと思い、毎回、必ず最前列正面近くの同じ席に座るようにしていた。

大学卒業まで、実にさまざまな授業に出席したが、あんなにも全身にやる気をみなぎらせていちばん前に着席していたのは、この授業だけだった。

最初に紹介したように、この授業の出席者は、出欠こそ取らないものの、できるかぎり毎回出席することと、集中して真剣な態度で授業に臨むことがつねに厳しく求められている。実際、数百人の満員の教室内であっても、一人でも寝ている学生、携帯電話を見ている学生がいると、一瞬で感知、発見され、厳しく注意された。

その速さと正確さたるや、周りの同級生達と、何かの特殊能力を使ってるんじゃないかと話していたほどの恐ろしさだった。

「おい、そこの緑の服！」

「そこの眼鏡の茶色い服！」

「おい、そこの風船！」

と、先生が唐突に誰かに呼びかけるときの教室に漂う緊迫感にはすさまじいものがあった（ちなみに「風船」と呼ばれた学生は、授業中に風船ガムを膨らませていたことを注意された。ガムを噛むのは良いけど、風船はやめてくれ、ということだった）。

そんなキャンパス内で随一の恐ろしい授業だというのに、あるとき、あろうことか、僕は最前列中央付近で思い切り居眠りをしてしまった。

前夜に友人と語り明かしたか何かで、寝不足のまま授業の時間を迎えた僕は、寝てしまう危険を自覚しつつも、気合いで何とかするぞと意気込んで、いつもの席に着いていた。そして案の定、眠りに落ちてしまった。

ところが、居眠りをしている本人というのは、自分が眠っていること自体に気づいていないものだ。それどころか、意識だけは立派に起きているつもりだったりする。

突然、誰かに頭を叩かれたかのような、でも、ちょっと違うような独特の強烈な刺激を頭のてっぺんに感じ、次の瞬間、自分が科学史の教室にいたことを思い出した。

先生は普通に教壇に立って何かを話している。何か様子がおかしいなと思いつつ、左隣を見ると、同級生の一人が目を大きく見開き、同じく大きく開いた口に手を当てながら驚いた様子で僕のほうを見ていた。ますます奇妙に感じ、今度は反対側を見る。すると、目の前の机やその下の床に、さっきまではなかったはずの白い粉が散乱しているのが見えた。

そのときだった。授業をしていた小松先生が突然こちらを見て、僕と目を合わせると、一言こう言った。

「言っとくけど僕、野球部だから」

生まれて初めて教壇からチョークを投げられた。完全に漫画の世界だけの光景だと思っていたことを、まさか、当事者として21世紀の教室で体験するとは思わなかった。

その日の終了後、様子を見ていた同級生達に、そのときの状況をくわしく教えてもらった。先生は授業をしながら、寝ている僕をときどきチラチラと見ていたらしい。

やがて、祈るように「起きろ」と念じる友人達の願いも虚しく寝続けていた僕に、小松先生は話を続けながら、突然、一瞬の手首のスナップだけでチョークを放ち、それが僕の脳天に直撃したのだという。

さらに驚かされたのは、後方で同じ授業を受けていた別の友人達は、その一連の出来事に気がついてすらいなかったことだ。

「すげえ……」

というのが僕の感想だった。どうやらあの先生は、本当に鍛えている。鍛えているのだ。そして、ユーモアもある。敵わないと思った。もはや、何だか嬉しかった。次の授業がますます楽しみになった。とはいえ、その後は毎回、事前にきちんと寝たうえで出席を続けたことはいうまでもない。

もうひとつ、今度は先生の語録というより、その授業のスタイルに関して、深く印象に残っていることがある。

最初に紹介したように、この授業の科目名は「科学史」だった。つまり、広い意味では歴史の授業ということになる。しかし、シラバスを手に取り、この授業の概要に目を向けると、そのなかにこんな記述があった。

〈一般的な歴史の授業で行われるように古代から時系列に沿って歴史的事象を紹介するのではなく、あくまで現代の問題に焦点を当て、そのなかで必要に応じて歴史を遡行《そこう》する形式を取る〉

実は、初めてこの授業の教室に向かう前にも読んでいた文章だったが、その時点ではまだこの意味するところを具体的に想像できておらず、わかるような、わからないような中途半端な感覚だったことを覚えている。

実際に授業を受けてみると、内容としてはまさにシラバスに書かれたとおりだった。古代から順番に歴史をたどる代わりに、教官の専攻分野である科学史・科学哲学・生命倫理分野の諸問題が集約された現代的問題として、とくに脳死・臓器移植問題を中心に取り上げ、まさに現在進行形の歴史的事象について、各局の報道や国会に提出された法案のほか、日本国内では一般公開されていなかった映像なども参照しつつ、多面的かつ批判的な視点をもって、知識や理解を深めていくという内容だった。

そして、脳死・臓器移植が内包する諸問題について、その歴史的文脈をたどったり、あらためてその起源を解説したりすることで、まさに、「必要に応じて歴史を遡行する形式」というものが実践されていた。ちなみに、この問題に対する教官自身の立場はあらかじめ明言されていたので、学生達はそれを踏まえて話を聞くことができた。

たしかに、一般的な歴史の授業とは異なるスタイルだったが、いま僕らが生きている、まさにこの時代の問題に光を当て、そこを追究した結果として歴史が見えてくるという学び方は、とても新鮮だった。この視点と手法は、のちに自分が教育現場に携わることになった際にも、おおいに参考にさせてもらうことになった。

自分の時間を生きるということ

期間にしてたった数カ月だったが、正直それが信じられないくらい、実に濃密で、たくさんのことを教わった授業だった。

いつどんなタイミングで至言が飛び出すかわからないので、こちらもまったく気が抜けず、（居眠りしてチョークを投げられた日を別にすれば）つねに全身全霊で意識を集中させて授業に臨んでいた。

期末試験を終えた瞬間に、ある種の寂寥感《せきりょうかん》に襲われたのも、後にも先にもこの授業だけだった。一緒に授業を受けていた親友も同じ気持ちを抱いていて、試験後、そのまま2人で授業全体を振り返りながら帰ったのを覚えている。

そんな、多くを学んだこの授業のなかで、もし一つだけ、あの3カ月間に自分が学んだもっとも大切なことは何かと聞かれたら、それは、ある日の授業後に直接先生から受け取った、「自分の時間を生きる」ということに関する助言だった。

実は、大学入学とともに鳥取から上京して間もないころ、東京というまったく新しい環境に適応するうえで、もっともとまどったのが時間の流れ方の違いだった。

これを僕は、時差ボケならぬ〝時感差ボケ〟と勝手に呼んでいる。〝時感〟とは、つまり、主観的な実感における時間の流れの速さの感覚のことだ。

鳥取の時間と東京の時間、すなわち、鳥取における時感と東京でのそれは、実際に体験してみるとあまりに違っていたのだ。

ご想像のとおり、東京での時間の流れはとにかく速く感じられた。

何だか知らない間に日が暮れていて、あわてて何か生産的なことをしようとあがいてみるものの、結局、意味のない夜更かしに終わってしまい、翌朝目が覚めるとぐったりしている。それが何日も続いてしまっていた。

そんな現状にとまどうなか、当時の大学生活でもっとも熱心に受講していた科学史の小松先生に、その旨を打ち明けて相談することにしたのだった。

ある日の授業のあと、僕は教室外の階段下のベンチで煙草を吸っている小松先生のところへ相談しにいった。

相談に至った文脈や状況は自分なりに精一杯説明したつもりだったけれど、簡単にまとめると、要するに以下のような相談をしたことになる。

「東京の時間と鳥取の時間があまりにも違っていてとまどっています。正直、苦しいです。どうしたらいいでしょうか?」

いま、あらためて書いてみて、むしろ僕こそ実に突拍子もない、ほとんどめちゃくちゃな相談をしていたんだなと思う。

しかし、この小松先生という方は、その独特の厳しさを湛えた雰囲気にもかかわらず、僕にとってこういう相談を自然にもっていけるような数少ない、というか唯一の教官だった。そして、実際に、田舎から出てきたばかりのイモ学生の言葉足らずの相談を、真剣に聞いてくださった。先生は僕の話を聞き終わると、自分自身で確かめるようにうなずきながら、こうおっしゃった。

「苦しめばいいんじゃないかな」

僕はすぐには言葉を返せず、思わず「え?」と口にしながら先生の言葉を飲み込もうとした。すると、こんなふうに補足してくださった。

「苦しむっていっても、君がいま苦しいっていうのは、自分の外側を流れてる東京の時間に無理して合わせようとするからだろう? それは君の中に流れてる鳥取の時間とは異なるわけだから、苦しくなるのは当然だと思うよ。そうじゃなくて、**君は君の内側に流れて**

る自分の時間を生きればいい。好きなときに好きな本を読み、好きな場所で好きな人と会う。ただし、そうすれば必ず外側を流れる時間とはズレていくから、その狭間で苦しむことになるけれど、そういう苦しみなら、むしろ、徹底して苦しみ抜いたほうがいいと思う。そういう意味で、苦しめばいいいんじゃないかなって言ったんだ」

あの日からもう20年近い月日が流れたことになる。

あの日の前にも後にも、自分の人生を左右する人や言葉との出会いは少なからず経験しているけれど、そのなかでも、やはり、僕の生き方においてひとつの確かな方向性を決定づけたのは、間違いなくあの日の先生の言葉だった。

すなわち、「自分の時間を生きる」ということ。自分の感覚に素直に生きた結果として、たとえ自分の外側を流れる時間との軋轢《あつれき》が生じても、その歩みは止めず、むしろ、とことん苦しみ抜いて、自分の〝時感〟を生きる人生を貫くということ。実際にそのとおりに生きてみたら、入学当初は4年後だと思っていた大学卒業までに、実に8年の月日が流れることになった。

卒業後の進路も、高校時代に考えていたような、いわゆる常識的でわかりやすい道ではなく、そのときどきで何とか自分で仕事を生み出して生きるような道を歩むことになってしまった。大学卒業と同時に、家も仕事も決めないで、まず真っ先に結婚したのも、ほかならぬ自分の時間を生きていたがゆえだったと思う。

その後も、多くの人が働く時間に休んで過ごし、逆に多くの人が休むか遊んでいる間に、必死に何かに取り組んだりもした。そこには、たしかに先生の言葉どおり〝狭間の苦しみ〟があったけれど、一方であのときの言葉が力になって、苦しみと向き合う生き方ができたこともまた事実だ。

あの日、相談相手に小松先生を選んだこと、いただいた言葉、そして、あの日から今日に至るまでその言葉どおりに生きることを選んだ自分の選択、これらすべてが、「正解だったか」と聞かれたら「わからない」としか答えようがない。

しかし、それでも僕は、自ら望んでそのように生きることを選んだわけだし、当時の僕の感覚・感性は、間違いなくその道を選びたがっていた。

誰にどう言われようと、それが僕の選んだ生き方だった。

現在も、僕はあのころと変わらず自分の時間を生きているつもりだ。

〝狭間の苦しみ〟をとことん味わって生きると、やがて自分自身も知らなかった自分との出会いが待っている。そして変わっていく自分の、その変化そのものをどこかで楽しみながら歩みを続け、最終的に突き抜けきってしまうと、やがて、〝狭間の苦しみ〟そのものがどこかに消えていき、穏やかで豊かな日常が待っている。

どこまで再現性があるかはわからないけれど、少なくとも、僕があのとき選んだ「自分の時間を生きる道」は、そういう場所にこの人生を連れていってくれた。

たったひとつの授業、たった一人との出会いで、人はここまで変わる。そのインパクトを全身で体験したことも、いま思えばその後の未来への布石になっていたように思う。

第2章

メキシコでタコス屋に

メキシコでタコス屋に

夕方5時が近づくと、肉の香りが染み付いたジーンズを履き、同じくすっかり香ばしくなったキャップを被り、エプロンを握りしめて家を出る。

通りに出て近くの角を曲がり、1ブロック先の交差点の一角に佇む、ボックス型に畳まれた白い屋台までたどり着くと、持っていた鍵で開錠し、順番に屋台を組み立てていく。

無事に屋台の形が整ったら、今度は、その中にしまっておいた洗剤と布とブラシで全体をきれいにする。そうこうしていると、やがて向こうのほうから赤と白の、使い込まれたステーションワゴンがやってくるのが見える。

運転席には店主のレオ、助手席にはその日のシフトに入っている仲間のスタッフ、後ろには調理器具やテーブルセット、ガスボンベなどさまざまな商売道具のほか、その日の食材や提供する飲み物が大量に積み込まれている。こうして人数がそろったところで、開店準備は加速する。

屋根代わりのビニールシートの取り付けに客席や鉄板の設置、肉やトルティージャ、玉ねぎやパクチーの準備など、やることは多い。

屋台に明かりが灯り、肉の香りが漂い始めると、常連客の何人かはすでに着席して、ニコニコしながら僕らの働く様子を眺めている。ちょこちょこ雑談も入る。

準備も終盤になると、手の空いたスタッフが最初の注文を確認し、すっかり温まった鉄板で肉を焼き、最初のひと皿を提供する。

こうして明確に何時ともなく、自然と店がオープンし、そこから夜中の1時前後、遅いときには2時過ぎごろまで営業が続く。それからまた片付けを行い、屋台を閉じて施錠すると、染み付いた肉の香りがさらに濃厚になったエプロンを片手に帰宅し、シャワーを浴びて眠りにつく。

2010年、僕は25歳で、大学7年目の夏だった。メキシコで暮らしていた僕の、これが毎日のルーティーンだった。

このとき、僕はメキシコシティの南方に住んでいた。もともとは留学先でもあったメキシコ国立自治大学前の駅から、バスで10分ほどの距離に位置する、住宅や個人商店、そして市場が立ち並ぶ下町のようなエリアの一角で、路上の屋台タコス店の一員として生活していた。

くわしい経緯はあとで述べるけれど、「メキシコでタコス屋の仕事を経験する」という、その後の人生で抱いた夢のひとつが実現したかけがえのない日々だった。

下町なので、自分とシェアハウスの同居人2人を除いて、まず、外国人の姿を見かけることのない地域だった。日本の外務省から治安が悪いから近づくなといわれていた地区の隣だったので、当然といえば当然かもしれない。

でも、実際に住んでみると、治安の悪さを直接感じることは滅多になかった。

急にガス爆発か何かが起こってパトカーが30台近く集結した夜とか、近くで喧嘩があって負けたほうが全身血まみれでフラフラと歩いていく姿を見かけた夜とか、麻薬常習者と思しき2人組が道を尋ねてきたので直後に店を閉めて慎重に帰宅した夜があったのは確かだけれど、逆にいえば、こうして具体的に思い浮かぶいくつかの特殊なケースを除けば、普段は穏やかで暮らしやすく、人々も温かい、まさに、〝住めば都〟といえるような地域だった。もちろん、日本と比べれば危険に巻き込まれるリスクは高いけれど、きちんと怖がって然るべき作法を守ってさえいれば、基本的にはそんなに危ない目には遭わない。

とはいえ、住み始めたばかりのころは、僕も必要以上にビビっていたので、家の隣の商店の前に毎晩たむろしていた若者達が、やたら怖くて危ない人達に見えてしまうなど、あとで自分の洞察の浅さを反省するようなことも少なくなかった。

時が経つにつれて、彼らともすっかり仲良くなり、ある10代のカップルは生まれたばかりの娘さんの洗礼式にまで招待してくれた（タコス屋の仕事で行けなかったけど、行けたら良かったなといまでも思う）。

この章では、学生生活6年目の夏から約1年間暮らしたメキシコでの日々を中心に振り返りたいと思う。

正直なところ、初めて居住する日本以外の国がメキシコになるだなんて、それ以前に大学卒業前に海外に住むことになるだなんて、入学時点では想像もしていなかった。

あの日、小松先生の言葉に背中を押された僕は、その後ひたすら自分の感覚に素直に生活していくことを選んだ。そのなかで新たな出会いがあり、別れがあり、そこにはいくつかの死別も含まれていた。そうした多くの巡り合わせのなかで、やがて自然に浮かんできた選択が、このメキシコ行きだった。あるいは人生を右往左往していた末に流れ着いた、といったほうがいくらか正確かもしれない。

この日々のなかで、のちに妻となる、メキシコの血を引く女性と出会うことにもなった。いまは6歳になる僕らの息子にも、同じくその血が流れている。つまり彼を通じて、いまや僕の命も公式にメキシコに連なっていることになる。だから文字どおりの意味で、運命だったのだと思う。

いまこの文章を読んでいる時点では、メキシコそのものに興味をもったことのない方もいるだろう。だから、この章を通じて、そういう方にもあの国の魅力が伝わったらいいなと思うし、仮にそうならなくても楽しんでいただける部分はおおいにあると信じている。

多くの人たちと出会い、いろいろなことについて考えさせられた貴重な1年間だった。

ここではそうした記憶の一部をお伝えしていきたい。

君は美しい、だから、この花を贈りたい

はじめにご紹介するエピソードは、僕がメキシコ滞在中に遭遇した、忘れられない「大泥棒」の話だ。ただし、大泥棒といっても悪党の話ではなくて、むしろ、その逆だ。誰も傷つけることなく姿を消し、奪ったように見せて、代わりに何かを残していく。

「カリオストロの城」という、大泥棒ルパン三世を主人公にした名作アニメ映画がある。観たことのある方は、あの作品のラストシーンで、銭形警部がプリンセスに向けて語った言葉を思い出してほしい。観たことのない方は、この数行のことは忘れてくれてかまわない。でも、映画はお勧めする。鑑賞後、あなたもルパンにそれを奪われて、ついでに大盛りのスパゲティが食べたくなる。

話を戻そう。あれは僕の日本の友人が男女合わせて4人でメキシコを訪ねてきたときのことだった。

その日は、僕が暮らしていたメキシコシティから太平洋沿岸部のアカプルコというリゾート地に向かう高速バスのターミナル駅の周辺で、屋台で昼食をとりながら出発までの時間をみんなで過ごしていた。

タコスを頬張りながら、ぼーっとよそ見をしていたところ、急にテーブルの反対側から「え、何？　どういうこと？」と驚く声が聞こえたので振り返ると、一緒にいた女性の友人の1人が、知らないメキシコ人のおじさんに何事か話しかけられてとまどっている姿が見えた。よく見ると、その手には花束が握られている。

ああ、物売りの人か。僕はとっさにそう判断した。

メキシコでは、どこからともなく現れた物売りの人が、いきなり話しかけてくることは決して珍しくない。地下鉄に乗れば、たいてい各駅で各車両にそういう人が乗ってきて、飴やガムだとか、海賊版の音楽CDや映画DVDだとか、中国の幸運のお守り的な紙だとかを、大声で繰り出されるセールストークとともに売り込んでくる。

ちなみにCDを売る人は、背中にスピーカーを背負っていて大音量でそれを流すので、たまたま近くに座っていると、思い切りびっくりしてしまうことがある。

現在も同じような感じかどうかはわからないけれど、少なくとも2010年のメキシコの地下鉄では、それが日常の風景だった。

そういう世界なので、食事中の僕らに突然、花を売ろうとするおじさんの1人や2人、急に現れたところで、決して驚くようなことではなかった。とくにこのときの僕は、すでにメキシコ生活も半年が過ぎ、良くも悪くもすっかり現地に適応していたつもりだったので、

「おじさん、悪いけど俺達ちょうどいまからバスに乗って遠方に行くところだから、花は買えないんだ」

と普通に話しかけて、セールスをあきらめてもらおうとした。

ただ、たいていの場合、ここからさらに数ターンは押し問答が続く。その展開も想像し

ながらおじさんの反応を伺った。正直、ちょっと面倒くさいという感情もあった。ところが、次の瞬間、まったく予想だにしなかった言葉が返ってきた。

「違う。そうじゃない。この花は売り物じゃない。この娘にプレゼントしたいんだ」

一瞬、何を言っているのか、意味がよく飲み込めなかった。だから、思わず「は!?」と聞き返していた。

「だから、プレゼントしたいんだよ。この娘が美しいから。通りかかったときにたまたま姿を見かけて、ぜひ花を贈りたいと思ったんだ」

「え? いや、それ、本気で言ってるんですか?」

「そうだよ。そう思ってこの花を持ってきたんだ」

「OK、なるほど、一応、わかりました。じゃあ、ちょっと、本人に伝えますね」

そう言いつつ、僕も若干まだ首を傾げながら、その友人におじさんの趣旨を訳して伝えた。当然、彼女も「え? ウソでしょ」と驚いている。

あらためてよく見ると、そのおじさんの目に邪気のようなものはまったく感じられず、むしろ文字どおりの意味で無邪気な瞳をしている印象を受けた。ようやく僕も、これは本気だと理解した。

「このおじさん、本気で言ってる。どうする、受け取る？」

と、あらためて彼女に確認したうえで、おじさんに伝えた。

「受け取るって言ってますので、どうぞ渡してあげてください。というか、すみません、僕、おじさんのことを完全に物売りの人だと思ってました」

彼は笑顔で「いいんだよ、ありがとう」と応じ、「美しいその娘」に花束を渡し、

「君は本当に美しい。ステキな女性だ。どうか幸せな人生を送ってほしい」

そういった内容のことを彼女に伝えた。そして、

「ありがとう。じゃあ、良い旅を！」

そう言って、本当にそのまま去っていった。

メキシコでは、美しいと感じる女性を見かけた男性が、そのままいきなり声をかけること自体は珍しくない。ただし、たいていその言葉や態度は失礼なので、女性は無視して通り過ぎるのがお決まりだ。少なくない女性にとって相当な居心地の悪さ、生活しづらさがあるんじゃないかと思う。実際にうんざりしている現地の友人もいた。

そういう例を普段からよく見かけていたこともあり、いま突然目の前に現れ、そして同じように突然いなくなった「花贈りおじさん」の一連の振る舞いは、あまりにも衝撃的な

ものだった。その場にいた僕ら全員、いわゆる狐につつまれたような表情でしばらく呆気にとられていた。やがて、ハッと目が覚めたように、花束を受け取った友人が言った。

「ちょっと待って、私、あのおじさんと記念に写真撮りたい！」

それはそうだ。こんなこと、どんな人の人生にだってそうそう起こることではない。その場でスペイン語が話せるのは僕だけだったので、ここはためらわず走って追いかけることにした。

やがて、数百メートル先、屋台が立ち並ぶ一角におじさんを見つけることができた。知り合いと思しき人と立ち話に興じていたところだった。僕は気にせず声をかけた。

「ああ、さっきの君か」

という感じの穏やかで温かい微笑を向けてくれた彼に、僕は息を切らしながら友人のリクエストを伝えた。旅の出会いの記念に写真1枚撮るだけだ。当然、快諾してくれるだろうと思っていた。ところが何と、彼は即座に断ってきた。そこからは押し問答だ。

「いやいや、必要ないよ」

「いやいや、彼女自身がぜひってお願いしてるんですよ！」

「いや、必要ないよ。僕はただ花を贈りたかっただけだし、喜んでほしかっただけなんだ。

だから、僕と写真を撮る必要はない」

「いや、お願いしますよ！　彼女は初めてメキシコに来て、こうして、いまあなたから素晴らしい贈り物をいただいて、その特別な瞬間を写真に残したいって言ってるんです。おじさんのこと忘れたくないんですよ!!」

僕があくまで引き下がらずにいると、やがて観念したように「わかった」と言ってくれた。そして、傍にいた立ち話の相手を指すと、

「彼との話が終わったらすぐ行く。君は先に戻ってそう伝えてくれ。すぐ行くから」

と続けた。本当はその場で腕を引っ張ってでも連れていきたかったけれど、さすがにそれ以上は押し通せない雰囲気があったので、

「必ずですよ。必ず来てくださいね。来るんですよね？」

と念を押して、友人達の待つ屋台に戻った。

結果は、おそらくみなさんご想像のとおりだ。結局、彼は現れなかった。

花束は相手の関心を引くためでなく、あくまで純粋な好意と祝福を贈るため。そこに己の姿や記憶が残ることは、いっさい望まなかったのだ。どんな文句もつけようがない、本物の紳士だった。

あの日、僕自身は花束をもらったわけではないけれど、彼の一連の振る舞いを通じて、自分まで贈り物を受け取った気分になった。

その贈り物を、いまこの話を読んでくださっているみなさんとも、分かち合えていれば嬉しい。メキシコでの日々のなかで経験した、いくつかの美しい瞬間の1つだった。

極悪人から天使までいる国

「メキシコってどんな国なの?」

と尋ねられるたびに、返答に困る自分がいる。

帰国して10年以上が経った現在も最適解を探しているけれど、

「治安は悪いけど、居心地の良い国だよ」

と答えることが多い。一般的に考えて、治安の悪い場所の住み心地が良いわけはないので、矛盾を抱えた変な回答だと自分でも思う。でも、その矛盾も含めて自分の感覚にはしっくりくる表現でもある。

まず、治安が良いか悪いかは、必ずといっていいほど聞かれるので、最初に言っておく必要がある。一般論として、日本と比べたら、そりゃ治安は悪い。

メキシコで1年暮らして帰国したあと、街を行く人々の様子を久々に眺めて最初に感じたことの1つが、「メキシコの泥棒には天国みたいな国だな」というものだった。

周囲を警戒する様子もなく歩くみなさんのズボンの後ろのポケットから顔をのぞかせる数多の長財布や、不用意に手を離して置かれる貴重品の数々など、向こうの〝プロ〟が1日真剣に仕事をすれば、少なくとも半年は遊んで暮らせるんじゃないかというくらい、日本は「緩い」と感じている自分がいた。

これは決して悪い意味ではなく、むしろ、基本的にはきわめて良いことだ。お互いの良識を信頼し合っているからこそ成立していることで、さすが、「水と安全はタダ」なんてフレーズが生まれた国だと、自国の良い意味での特殊さを再認識して恐れ入ったのを覚えている。

一方、メキシコでは（あるいはラテンアメリカでは）、少なくとも外国人として暮らしていた僕に関していえば、周囲に気を張りながら歩くのは当たり前で、歩き方も基本はスタスタ直線的に迷いなく、そして、家の出入りの際は必ず周囲を確認したうえで迅速にといった、いろんな細かい心がけを欠かさず実践していた。

目立つ財布は持たず、普段着はなるべく使い込まれたものだけを身につけ、外国人である見た目以外は不必要に人目を引くことがないようにしていた。

ほかにも、警察が信用できないからパトカーを見ると警戒してしまうとか、麻薬組織の襲撃に巻き込まれるリスクがあるから地域によっては警察署にもなるべく近づかないほうが良いとか、駅で発砲事件があるとか、治安の悪さを伝えるエピソードは無限に存在する。

たしかにこれだけ聞いてしまったら、誰もメキシコに行きたいなんて、まして住みたいなんて思わないだろう。ところが、それでもやはり、僕は必ずこのあとに付け加える。

「でもね、本当に住み心地が良いんですよ」

つまり、本当に伝えたい話はここからだ。

日本とラテンアメリカを比べたときに、僕が印象として感じる最大の違いは「人間の多様性の幅」だ。具体的には、良い人と悪い人の分布具合が大きく異なっている。

あくまで印象論になってしまうが、日本の場合、良い人も悪い人も一定の範囲内に収まっている印象がある。そして良い人の大半は「基本的にちゃんとした普通の良い人」で、その逆側には「悪い人」というより、「何か微妙な感じの人」「ちょっと変わってる人」みたいな印象を与える人が一定数存在する。それで、たまに「めちゃくちゃ良い人」とか「ヤバい人」「悪い人」が登場して、どちらの場合もけっこう驚かされる。

個人で感じ方の差はあると思うが、同じように感じる方も一定数いるのでないかと思う。逆にいえば、「当たり前のことじゃないか」と感じる方もいると思うので、ラテンアメリカの話を続ける。

端的にいうと、向こうはこの「良い人と悪い人の幅」がもっと広くて、日本の感覚ではありえないようなレベルのめちゃくちゃ良い人が、わりと普通にその辺に存在する。ただし、その代わり、同じく日本では想像もできないような、申し訳ないけどありえないくらいめちゃくちゃな人にも、わりと普通にお目にかかることがある。

むしろ、日本ではいちばん多いタイプの「どちらにしても基本は平均寄り」みたいな人のほうが少ない印象すらある。それぞれの国の社会構造や教育の現状など、違いを生んでいる要因はさまざまだと思うが、そうした分析はひとまず置いておくとして、僕がこの節の最初に述べた「治安は悪いけど居心地は良いメキシコ」という言葉の選択には、おそらくこの人間の多様性の幅の違いが深く関係している。

一言でいえば、僕はメキシコでたくさんの「ありえないくらいの良い人」達に囲まれて暮らしていたのだった。

僕がお世話になったメキシコを含むラテンアメリカの人達はみんな、善良で人間味があって温かく、僕のような外国人が心配する以上に自国の政治腐敗や治安の悪さに嘆きと憤り（あるいは絶望とあきらめ）を抱えながらも、周囲の人達を大切にして、誠実かつ前向きに生きている人ばかりだった。

政府や行政といった「お上《かみ》」の健全な機能が信用、信頼できないからこそ、困っている者同士は無条件に助け合おう、困った仲間は無条件に助けようという心意気をもった人達がたくさん存在する。

それが僕の目に映るメキシコ、ラテンアメリカのリアルな姿だし、そういうステキな人達に囲まれて過ごすときのメキシコは、良い意味で自分が人間であることを思い出させてくれる、美しい魅力とパワーに溢れている。

なぜか俺らの国にやってきて、この国を好きだと語る、よくわからんけど、とりあえず確実に良い奴そうなこの日本人。絶対に寂しい思いをさせちゃいけないし、食べ物も人も文化も好きになってもらって、心から来てよかったと思ってもらおうじゃないか。

べつに、みんながいちいち言葉にして言うわけではないけれど、何かそういう感じの人情と心意気を、向こうで出会ったたくさんの人の眼差しや行動、具体的な手助けからひしひしと感じる日々だった。

友人との待ち合わせで一人広場に佇んでいたら、隣に居合わせたほろ酔いの青年が、

「お前一人か、言葉はわかるのか？　大丈夫か？」

とやたら心配してくれて、しまいには、

「寝るところがないなら、いまから俺ん家に泊まりにこい」

と真剣に申し出てくれたことがあった。

旅行者として初めてメキシコを尋ねたときに僕を自宅に受け入れてくれたファミリーは、あらためて留学にやってきた僕に、引っ越して使わなくなった一軒家を無償で貸してくれ、大晦日に僕が一人のんびり過ごしていることを知ったときには、「一人きりで年越しなんてありえない」と一方的に宣告し、わざわざ近くまで迎えにきてくれたうえ、親戚一同の集まりに当然のように受け入れてくれた。そういえば独立記念日にも、同じく親戚同士の集まりに僕を混ぜてくれた（いま急に鮮明に思い出して涙が出てきた）。

ほかにも、血のつながらない母親と、妹が2人できた。

母の名はエルビア、妹の名はカルラとダニエラという。カルラとはメキシコ到着直後に大学のキャンパス内で知り合ったのだけれど、毎晩のようにチャットで「今日はどうだった?」「何して過ごした?」「何食べた?」「スペイン語の授業はどう?」と何でも尋ねてきて、休みの日になると妹のダニエラと一緒に街を案内してくれた。ほとんど母親か教育係のように、勝手に世話を焼きまくってくれた。

僕は実の母を病気で亡くして1年と数カ月、カルラは将来を誓い合った恋人をバイク事故で亡くして約半年というタイミングだったこともあり、お互いに喪失感や虚無感を乗り越えようとするなかで運命的に出会い、無意識に支え合いながら過ごしていたのだと思う。

僕が人生で唯一、「ママ」と呼んでいるエルビアから、あとになってそのことで感謝の言葉を伝えられたことがある。ほぼ半年、自宅に引きこもっていたカルラが、ようやく大学に顔を出し始めた直後に知り合ったのが僕だったということだった。

正直、いろいろ助けてもらって感謝していたのはこちらのほうだったけれど、自分の存在も誰かが立ち直るプロセスの一部になれたことには救われる心地がした。

最終的に1年が経って帰国するときには、3人が支え合って暮らすその家のリビングで、

「この家の息子としての自覚と責任をもち、必ず定期的に帰省し顔を見せる」という手書きの誓約書にサインをさせられた。

カルラの話では、ママはその半年後に起こった東日本大震災のニュース映像を見たときに、僕も巻き込まれて亡くなったのではないかと案じて泣き崩れてしまったらしい。

さらに、5年後に僕に息子が生まれて以降は、日本に可愛い孫がいると、あらゆる親戚や友人に自慢してくれているという。

なのに不肖の息子は、結局、あれから一度もメキシコに戻れておらず、完全に親不孝な状態になってしまっているので、さすがにそろそろ帰省せねばと思っている。何より孫の顔を見せにいかなきゃならない。

たった1年だったけれど、実に濃密でかけがえのない時間だった。多くの優しい人達に幾度も抱きしめられ、たくさん愛してもらったことで、母を含む幾人かの近親者を亡くした喪失感のなかをさまよっていた当時の僕は、間違いなく救われたところがあった。

人間らしく素直な感情を表現することも思い出させてもらった。

治安は悪いかもしれないけれど、人情と愛情に溢れた人間関係のなかで素直に生きることを許してくれたメキシコは、間違いなく居心地の良い国だった。

偶然の必然でメキシコに

そういえば、そもそもなぜメキシコで暮らすことになったのかを、まったく説明していなかった。米国やイギリスに留学するのと違って、メキシコに留学したというと、たいてい少々大きめの目と声で「どうして、またメキシコに？」と尋ねられる。

つまり、英語圏でもなければ、いわゆる、既存の主要先進国でもない国を、なぜ「あえて」留学先に選んだのかをみんな知りたがるのだ。

実際にそれを選択した本人の感覚では、「あえて」どころか、きわめて自然な成り行きの決断だったのだが、留学や海外生活を考えている人のために参考になる部分も多少あるかもしれないと、そのあたりのことをここでくわしく書いておきたい。

まず、鳥取の高校を卒業するまでの僕は、語学や海外留学に関して「外国語＝英語」「留学＝英語圏（もっといえば米国）」という枠でしか考えたことのない、おそらくどこにでもいる少年の一人だった。

通っていた高校の進路指導室で、米国の各州立大学を紹介するパンフレットを見つけて持ち帰ったり、書店で海外の大学進学を紹介した本を見つけて買って帰ったりしたことはあったけれど、まだスマホもない時代で、ネット空間にもいまほどの情報量はなかった。だから、非常に限られた情報のなかで漠然と想像するくらいのことしかできなかった。

状況が変わったのは大学入学後だ。必修科目として第2外国語を学ぶことになり、そこでたまたまスペイン語を選んだことで、ラテンアメリカという単語や、ラテンアメリカを対象にする研究者と遭遇する機会が自然と増えていった。

いま振り返ると贅沢な話なのだけれど、スペイン語の授業の教官の多くが、東大のラテンアメリカ研究科に所属する文化人類学や歴史学、地域文化研究の先生方だったので、その環境に影響されて、何となく「スペイン語＝ラテンアメリカ」という感覚が自分の中に育っていったのだと思う。

もっとも実際の大学生活においては、落ち着いて語学に取り組むだけの精神的な余裕がもてず、実はスペイン語の成績は散々だった。

いよいよ真剣に学ぶことを決意したのは4年生になって、初めてラテンアメリカ出身の学生達と交流した直後のことだった。大学で習った内容はほとんど忘れていたので、実質イチからの独学だった。それでも、このときは100パーセント個人的なきっかけがあってのことだったので、意欲を失うことなく勉強を続けることができた。

そして頑張った先に、いつか実際に現地を訪ねてみようと思っていた。具体的にどの国に行こうかと考えてみたところ、地図で見たときに日本からいちばん近く、米国の隣に位置するメキシコが、同じラテンアメリカの中でも〝入門編〟っぽい気がしてきた。いま思うと実に浅はかで大雑把な発想だが、これが当時の自分の精一杯だったのだから仕方がない。

しかも当時の僕は、いまよりずっとビビりだったので、まともに知り合いのいない国に一人で飛び込む勇気を持ちあわせていなかった。だから、そのときの結論はこうだ。

「そのうち急に誰か知り合いができてメキシコに行ける日がくるに違いないから、そのときに備えてスペイン語だけはやっておこう」

やはり振り返るとアホとしか思えないが、何と半年も経たないうちに、本当に突然、「そのとき」がやってくることになる。

2007年12月、冬のある夜のことだ。友人と夕食をともにしていた定食屋で、僕はいきなり全身が震え出し、その場に倒れてしまった。

病院へは行かなかったが原因は明らかで、その年の春に母が病に倒れてから続いていた闘病生活への伴走によるストレスだった。息子としてできるかぎり母に寄り添いたかったが、一方で、顔を合わせれば激しい衝突をくり返していたことで、蓄積していた長年のストレスも尋常ではなく、残念ながらこちらの神経や身体が追いつかない状況だった。

それでついに僕も倒れるところまできてしまったので、これは一度どこかに逃げて休むしかない、日本語の聞こえない場所に行こう、とその帰り道に決断した。

一緒にいた友人の助けで都内の下宿先に帰り着いた僕は、ソファに座って海外の友人知人の顔を思い出しながら、どこの国に行けばよいかを考えた。

すると、ウソみたいな話だが、文字どおりまさにその最中に、突然、1通のメールが届いた。送り主は金永眞《キムヨンジン》という7歳上の韓国人女性で、この半年ほど前に旅先で知り合って以来、何度かメールや手紙のやりとりをしていた友人だった。

のちに韓国語で「ヌナ」(お姉ちゃん)と呼び、家族同然の関係になる人なのだが、メールの内容を読んだとき、思わず声を出して笑ってしまった。

曰く、メキシコの友人家族が遊びにおいでと言ってくれているので、同じタイミングで僕もメキシコに行かないかということだった。

僕が束の間の海外逃亡を決断した、まさに、その1時間後に、よりにもよって「いつか縁ができるだろう」と勝手に信じていたメキシコへの旅へと誘うメッセージが届いたのだ。

考えるまでもなく、答えは「イエス」だった。

すぐに「行く」と返したら、僕の側の事情を知らない彼女からの返信が、

「You are crazy!」

だったのは笑ったけれど、こうして僕は、生まれて初めて太平洋を渡り、2週間メキシコに滞在することになった。

永眞はもともと自分を招待してくれた友人家族の家に泊まり、僕は彼女の別のメキシコ人の友人をフェイスブック上で紹介してもらって、彼の家に泊めてもらった。みんなで集合して一緒に観光したり、それぞれお世話になっている家庭で過ごしたりした。

このとき、僕を受け入れてくれたアレックスが通っていたメキシコ国立自治大学が、この1年半後、僕の留学先となる。彼が案内してくれたキャンパスの壮大さに魅了され、ここで学んでみたいと感じたのだ。

ちなみに、その留学の際に快く家を貸してくれたのがアレックスの叔母さん一家で、前述したように大晦日に「一人で過ごすなんて良くない！」と僕を誘い出してくれたのも、アレックスとその家族だった。

このどこまでも懐が深くてステキなファミリーをはじめとして、最初の旅行での2週間

の滞在中に出会ったメキシコ人のみなさんから、「次はいつ帰ってくる?」と数えきれないくらい尋ねられ、単純な僕はすっかりその気になって、「すぐに戻る」と宣言してメキシコを去ったのだった。

これが決定的なきっかけになって、その年の秋、僕はメキシコ政府の奨学金による1年間の留学プログラムに応募し、運良く合格をいただいて、人生初の留学の機会に恵まれることになった。

一応、面接では自分の専攻を踏まえて「ラテンアメリカ文学の研究のために行きます」などと、もっともらしく説明したが、本心ではただ一言、「メキシコに呼ばれているから」としか言えないくらいの気持ちだった。そういえば実際に言った気もする。

こうして2009年の夏、僕は政府プログラムによる奨学生として、再びメキシコに渡ることになったのだ。ちなみに、たんなる成り行き任せだけというわけでもなく、「あえて」メキシコを選んだ理由もたしかにあったので記しておく。

それは「米国を『裏側』から眺める」ことへの興味だ。

日本の、しかも田舎の環境で、幼いころから「海外=米国」「外国語=英語」「洋画=ハリウッド」といった世界観に染まりきって育った自分の物の見方に対するある種の懐疑から、歴史のなかで「米国の裏庭」と呼ばれてきたラテンアメリカの側から米国や日本を眺めることは、自分の世界観に蓄積されていたであろう極端な偏りの一部を整え、程よいバランスをもたらしてくれるのでないかという期待があった。

実際にメキシコに滞在してみて、その見立ては正しかったと感じている。その意味で、メキシコに限らず「非英語圏」への留学や滞在は、多くの日本人にとってポジティブな経験になるだろうと確信している。

というわけで、自分の例1つとってみても、留学の決断や留学先の選択に、必ずしも高尚な志や理由は必要ないと思っている。

対外的に理屈をつけることが必要な場面はあるかもしれないが、自分の中で理屈を超えた直感が働いたならば、少なくとも自分自身に対しては何も説明する必要はない。

旅立つ理由は、旅を終えたあとにしかわからないこともあるのだ。

メキシコの血を引く妻と、同じくその血を引く息子とともに暮らすいま、いっそうそのように感じている。

生きているという実感

冒頭で紹介したタコス屋の話に再び話を戻したい。

前節でふれたように、政府奨学金による国費留学生という、きちんとした感じの立場でメキシコに渡航していながら、8カ月後にその身分を自ら放棄することになった。

理由はシンプルで、外国人ばかりが集まるスペイン語学校にそれ以上通う必要を感じなくなったことと、留学プログラムの規則による行動範囲や活動範囲の制限が窮屈に感じられたためだ。

幸いにして、すでにスペイン語は問題なく使いこなせるようになっていたし、そうなった段階で、もっと積極的にメキシコ社会の内部で生活したいという考えも出てきていた。

こういうわけで、渡航時にメキシコ政府からあらかじめ受け取っていた航空券で一度、日本に帰国し、約1カ月後に再び自由の身でメキシコに入国した。

奨学金という生活の糧を失った以上は、別の生計手段が必要なので、留学生だったころにほぼ毎日通っていた近所のタコス屋台の店主レオのところに、仕事をもらう相談をしにいった。

実は留学の前に一度、旅行者としてメキシコを訪ねたときにタコスの味とメキシコの食文化・屋台文化に魅了されて以来、いつか機会があったらタコスに関わることをしてみたいと真剣に考えるようになっていた。

実際、留学のための奨学金に応募した際の計画書にも、タコスへの想いとビジョンを記し、面接でも嬉々として語っていた。そんな事情もあり、いざ留学生としてメキシコに住み始めた当初から、親しいメキシコ人のみなさんがそろってやめたほうがいいと忠告するのをいっさい聞かず、基本的に毎日、屋台で食事をする生活を送っていた。

ちなみに、みなさんが僕を止めた理由としては、屋台は不衛生で仕事もずさんだから腹を壊す可能性が高いし、やっている人も微妙な人が多く、客として不快な思いをすることもあろうから、とにかくお勧めしないということだった。

しかし、記憶にあるかぎり、問題が起こったことは一度もなかった。運が良かったのかもしれないが、いくつもの屋台で過ごしたあの時間と日々はいまでも僕の宝物だ。

なかでも、もっとも深く濃い日々を客として過ごしたのが、2番目に暮らした家の近所にあった、レオことレオナルドのタコス屋台「Doritaco（ドリタコ）」だった。

引っ越した瞬間から、近所に良いタコス屋台がないかをまず探し、すぐに見つけたのがその店だった。

ひとくちにタコスといっても、さまざまな具材が存在するなか、硬派に牛肉のタコスだけを提供するその店に、定休日の火曜日を除いて週6日通って毎日何時間も入り浸り、火曜日は同じく近所でレオの弟イスラエルがやっていた兄弟店で、タコスやほかのメキシコ料理を食べていた。つまり、夜は週7でタコスが基本という生活を送っていたことになる。

ところで、タコスにかぎらず屋台の店主というのは、現地の人達の言葉を借りれば、「粗野で失礼な人、常識のない人」が多いというイメージがあるとのことだった。

それがどこまで正確な話なのかはわからないが、仮にそうした話が事実だったとすると、少なくとも、僕がお世話になったレオナルドという人は例外中の例外ということになる。

僕よりちょうど一回りくらい年上の彼は、日本でいえば東京工業大学にあたるような国立の工業大を卒業したエリートで、もともとは米国資本の世界的なソフトウェア企業で働いていた。

やがて、独立起業したものの、ビジネスパートナーの裏切りにあって挫折してしまい、彼のお父さんが創業したドリタコを継ぐかたちでタコスの仕事を始めたというのがその経歴だった。本人でなく、彼のご両親から聞いた話だ。屋台そのものは、僕が彼と出会った２０１０年の時点で、約40年続いているという老舗店だった。

そんなレオは、誤解を恐れずにいえば、メキシコではちょっと考えられないくらい几帳面で真面目な性格の持ち主で、それでいて抜群のユーモアのセンスと懐の深さをもった、とても知的で愉快な人だった。

僕が1年間の留学プログラムの満了を待たずして、わりと流暢《りゅうちょう》なスペイン語を身につけ、語学学校通いに飽きてしまった最大の理由も、実はこのレオの存在にあった。

というのも彼は、会話の最中に出てきた単語やフレーズを僕が知らないと、お店の注文を取るための紙とペンを即座に渡してきて、必ずメモを取らせた。あるいは、動詞の活用を言い間違えたりすると必ず順番に復唱させられ、僕の表現が不自然なときも、その言わんとするところをすぐに読み取ると、ネイティブの自然な表現に言い換えて繰り返してくれた。さらに、メキシコ人しか使わないスラングや、現地の有名な歌や映画が元ネタになったフレーズなど、およそ語学学校では学べないさまざまな表現をたくさん教えてくれた。

そして翌日、僕がまた屋台にタコスを食べに行くと、その日の会話の自然な流れのなかで、前日や前々日に覚えたばかりのフレーズを絶妙なかたちで混ぜてきたり、あるいは、僕が自然にそれを使える文脈をうまく導いたりしてくれるのだった。

加えて、お店を訪れるほかの常連さんもたくさん紹介してくれたので、地域に顔馴染みがどんどん増えていった。老舗の味とレオの人柄に惹かれて通ってくるお客さんもまた、ステキで愉快な人ばかりだった。

そんな楽しいスパルタ語学生活を送っていたので、少なくない日本人を含む外国人だらけのスペイン語学校に通い続ける意欲がしだいに失われていくのは、もはや避けようのないことだった。まさに奇跡のタコス屋台だった。

このレオの屋台に、最初のメキシコ旅行の際に僕を家に受け入れてくれたアレックスと、そのお母さんのアドリアーナを、一度、連れていったことがあった。

実はアドリアーナは、僕に「屋台で食べないで」と強く忠告してくれていたなかの一人だった。ところが、実際に一度レオのタコスを食べ、彼としばらく立ち話に興じたあとの帰り道、親子そろって、

「信じられない、彼とあの店に関しては完全に自分達が間違っていた」

と、その味とレオの人柄を絶賛するコメントを並べ始めた。よくよく話を聞くと、2人とも屋台で食事をした経験は少なからずあったらしいのだが、レオのような店主には一人

として出会ったことがないということだった。

「このメキシコに、あんなに知的で爽やかで洗練された屋台の店主がいるなんて、ちょっと本当に信じられない」

このときの僕がどれだけ誇らしい気持ちだったか、きっとご想像いただけるだろう。

そうした屋台での日々を過ごすうちに、客としてでなく、スタッフとしてカウンターの向こう側に立てたらもっと楽しいだろうと思うことが、少しずつ増えていった。

半分冗談のような振りをして、そういったことを口にしてみたこともあった。

レオのほうも、そう言われてまんざらでもない様子だった。だから、政府奨学金による留学プログラムを離脱し、自由の身になった時点で、叶うならばレオの店で働かせてもらおうと、内心では決めていたところがあった。

しかし、その一方で、僕があの店に入ることで、誰かの仕事を奪うようなことだけはあってはならないとも思っていた。僕はやがては帰国して大学に戻らなければならない立場だったし、日本とはまったく異なる社会事情を抱えるメキシコで、そんな腰掛けの人間が現地の人達の中に割って入るのは、どうしてもはばかられる感覚があった。

実際に国費留学生の立場を辞して一時帰国したあと、そんな矛盾する思いを抱えながらメキシコに戻り、レオの屋台を訪ねてみると、何と火曜日でもないのに店が閉まっていた。

そこで翌日、レオの実家を訪ねてお母さんに話を伺うと、スタッフがみんないきなり辞めてしまって、しばらく店を開けられなくなっているということだった。

それ自体はとても残念で悔しいことだったが、同時に、僕としては何かの導きを感じずにはいられなかった。

「ここに新しいスタッフがいるとレオに伝えといてください」

お母さんにそう言い残し、期待に少しばかり胸を高鳴らせながら帰宅した。

数時間後、事情を聞いたレオが、僕の家に訪ねてきてくれた。そこで、あらためて店の状況を聞いたうえで、僕の想いを伝えると、彼も僕の本気を感じ取ってくれたようだった。

こうして知る人ぞ知る評判の老舗屋台ドリタコで、お店復活のピースとして雇ってもらえることになった。ひとつの夢がかなった瞬間だった。

いざ、スタッフとして入店してみると、彼の店が評判を呼ぶ理由がよくわかった。チェーン展開を行う企業かと思うほど、店のオペレーションのすべてが彼の中で体系化されていたのだ。最初に叩き込まれたのが、「清潔（limpieza）」「迅速（rapidez）」「丁寧

(atención)」の3つを徹底すべしという教えだ。

開店前と閉店後の掃除であったり、使用済みの皿やテーブルの拭き方であったり、あるいは商品提供や皿を下げる際のスピード感であったり、一人ひとりのお客さんに対する目配り、気配り、心配りであったり、サービスの一つひとつについて明確に言語化されたかたちで丁寧に説明を受けた。

スタッフとしてのステップも明確に設定されていて、最初はウェイターと皿拭きから始まる。それに慣れると、次はタコスにトッピングする玉ねぎとパクチーをみじん切りにする仕事を担当できる。まさに一段ずつ階段を上るように仕事を学んでいく。

玉ねぎの仕事は包丁の持ち方、構え方と切り方の順序まで詳細に説明を受け、そのうえでしばらくは仕込みと僕の練習を兼ねて、包丁と一定量の玉ねぎを持ち帰って家で切ってくるのも仕事になった。

こうした修業を一つずつ積んだ結果、最終的に鉄板の前に立ってタコスを調理する資格を手にできる。レオが用事で店を少し空ける間に、初めて鉄板を一人で任されたときは、緊張と心細さに駆られる一方で、飛び上がりたいくらい嬉しかった。

それにしても、知る人ぞ知る路上の屋台で、しかも、多くの屋台がずさんで不衛生だとささやかれる社会のなかで、よくあれだけ体系的に整理された経営方針を堅持し続けていたものだと思う。どうりでお客さんに愛されるわけだが、その一方で、おそらくこれが、スタッフがなかなか続かない理由にもなっていた。

きっと日本ならば当然のように受け入れられていたであろう彼の経営方針は、どうやら、多くのメキシコ人の労働観や仕事観には合っていなかった。そういう事情もあってか、僕が入ってから新たに加わったスタッフは、まだ若い10代や20代前半の面々ばかりだった。

夜な夜な一緒に汗を流した彼らのことも忘れられない。オタク気質で刀に興味のあったルイシート、両親が離れたり、くっついたりしていることに溜息をつきながらも自分をしっかりもっていたホルヒート、田舎から出稼ぎでシティに移ってきた陽気なセサル、近所に住んでいたタコス調理の天才クコ、昼間はコールセンターで働きながらときどきヘルプで入っていたドレッド頭のダニエル。

みんな一緒にいて楽しい奴らだったし、仕事のあとに彼らとカウンターで食べる賄いは最高の味だった。あとは名前を忘れてしまったけど、勤務中に酒を飲んで、その場でレオにクビにされた奴もいた。働いた時間分の給料はしっかり手渡したうえでキッパリと別れを告げるの姿に、迷いはいっさい感じられなかった。このレオの誠実さが何とかこの社会で報われてほしいと、強く願わずにはいられなかった。

定休日の火曜を除いて、夕方5時から午前1~2時まで週6日働いた。

1日3時間の授業を週5日受けていれば、現地で十分に暮らしていけるだけの生活費を支給してもらえた留学生時代に比べ、自由に使える時間もお金も一気に少なくなったタコス屋店員としての生活は、そんな不自由も気にならないくらい自由で充実していた。

縁もゆかりもない土地で、純粋に自分自身の判断と行動だけを頼りに自分の居場所をつかみ取っていく喜びがあった。生きている実感がした。

だからこそ、大学に復学予定だった10月が迫るにつれて、そのままメキシコに残りたい気持ちと、やはり、復学して大学を卒業すべきという気持ちの間で、少しずつ葛藤が芽生えるようになっていた。

メキシコ生活にようやく慣れてきて、いよいよここからが勝負と思う気持ちもあったし、一方で、自分がまず戻るべき場所は大学だという考えも打ち消せなかった。

このメキシコ生活の時期、僕は学生生活における三度目の休学期間を過ごしていた。

最初の休学は、4年生の1年間で、そのときは旅とバイト（インターン）と読書と映画鑑賞とスペイン語の勉強と、あとは母の闘病生活に付き添う日々だった。

学生として5年目を迎えた4月上旬、桜が満開を迎えた日の早朝に母を看取った1週間後に復学し、そこからの半年間はウソのように普通に大学に通って、普通にそれなりの数の単位を取得した。僕の大学生活では何年かぶりの珍事だったが、母のことも含めて激動だった休学期間のあとでは、ただ教室におとなしく座って出席さえしていれば自動的に社会的評価（単位）が付与されるキャンパスでの生活は、拍子抜けするほど楽なものに感じられたというのが実情だ。

ところが、半年が経って後期が始まり、数週間が過ぎたある日の朝、母の永遠の不在が突然、全身で自覚された瞬間に涙と嗚咽《おえつ》が止まらなくなり、まともに立ち上がることもできなくなってしまった。

奇しくも、まさにその瞬間、たまたま電話をかけてきた高校時代の恩師が、ただならぬ僕の様子に「とりあえず鳥取に帰ってこい」と、即座に自腹で高速バスのチケットを手配してくれ、茫然自失の状態で帰省した。

この学期はそのままほとんどキャンパスに戻ることもできないまま過ぎていき、年が明けると、二度目の休学届を提出した。

その日々のなかでも、運良くメキシコ留学の試験には受かっていたため、人生初の海外留学を希望に何とか自分を保って生き延びていたような気がする。やがて学生生活6年目の夏を迎え、1年間のメキシコ留学のため、三度目の休学届を提出した。

こうした経緯のなかでのメキシコ滞在だったこともあり、復学しなければという気持ちもあるものの、そもそも日本へ戻ること自体への心理的な抵抗も、実際には、まだ強く残っていた。

それでも最初に休学届を出したとき、両親がそろって取り乱すなかで即座に応援の言葉をかけてくれた母方の祖父が、卒業の意思だけは確認してきたこと。それに対して「卒業する」とはっきり答えた事実は忘れることができなかったので、何とかこの約束だけは果たしたいと思い、最終的に帰国することにした。

また、ほんの数カ月とはいえ、タコス屋の仕事に没頭しているなかで、「本を読みたい」「また勉強したい」という気持ちが芽生えていたことも、自分の中に起きた変化として見逃せなかった。

最終出勤日、屋台から自宅まで、いつもは歩いて往復していたわずか数百メートルの道をレオが車で送ってくれた。もともとは借り物だった茶色のエプロンは記念の土産に、そして、いつかまた店に戻るときに備えて、僕が日本に持って帰ることになった。そして、いつの日か日本でレオと一緒にタコスの仕事をする日だってくるかもしれないと語り合った。ゆっくりとした運転でも、1ブロックの距離はあっという間だ。車の中で最後の挨拶を交わし、開店準備担当として預かっていた屋台の鍵をついにレオに返したとき、僕のタコス屋店員としての日々は幕を閉じた。

車で去っていくレオが窓を開け、最後に一言、僕が以前教えた日本語で笑顔とともに叫んできた。

「お疲れさま！」

僕も笑いながら、

「ありがとう！」

と手を振った。笑っていたつもりだったけど、車の後ろ姿が角を曲がって消えたころには、景色が滲んでよく見えなくなっていた。

第3章

帰国後の停滞と光明

思い悩む日々に現れた一人の天才

それは学生生活もついに8年目を迎え、いよいよ翌春に卒業を控えた6月のことだった。答えを出せずにいた自分の人生の方向性が、一人のブラジル人サッカー選手の存在によって、一瞬で決定的に定められ、変えられてしまった。

きっかけは、インターネット上のサッカーニュースで、たまたま目にした記事だ。かつて、王様ペレを擁したブラジルの名門サントスFCが、まさに、そのペレの時代以来48年ぶりに、南米王者に返り咲いたというニュースだった。見出しを見て、

「へえ、あのサントスが」

と思わず興味を引かれ、そのニュースを開いた。サントスといえば、ペレのチームであるだけでなく、日本サッカー界のレジェンドである、カズこと三浦知良選手が若かりし日にプレーしたチームでもあった。そのため、余計に興味が湧いたのだ。

小学生のころに集めていたJリーグカードで、カズさんのカードを当てたとき、裏面のプロフィールに載っていた過去の所属チームに「サントスFC」と書かれていたのが、そ

の名前を最初に認識した瞬間だったと思う。それ以来、世界中のあらゆるチームのなかでも、どこか特別な存在として僕の記憶にとどまり続けていた。

くわしくニュースを読んでみると、その新王者サントスには、ネイマールとガンソという2人の若き天才がいて、彼らこそが優勝の立役者だということだった。僕がネイマールの名を初めて知ったのはこのときだ。

〝ネイマール〟。

初めて聞く名前だったが、純粋に響きの美しい名前だと思った。

妙な話だが、その音の美しさに惹かれるところもあって、思わず彼の名前を検索した。そのときに出てきたYouTube上のプレー動画をクリックし、画面越しながら彼のドリブルする姿を目にしたその瞬間、メキシコから帰国して以来、ずっと停滞気味だった僕の人生は、思ってもみなかった方向に突然、動き出すことになる。

ここで、あのネイマールの衝撃と、その後に起こした突飛な行動についてくわしく書く前に、まずはこのころ、僕が完全に「停滞気味」だったという点についてふれておきたい。

メキシコでタコス屋の職を辞し、残していた3学期分の大学生活をまっとうするために帰国、復学した僕は、瞬く間に迷いととまどいのなかに沈み込み、通算三度目の退学の誘惑に駆られてしまった。

肉体労働の日々のなかで、読書や学究の時間を再び希求するようになった結果の復学だったものの、いざ、キャンパスに戻って大学の授業に出席してみると、多くの教室に漂う雰囲気が、きわめて淀んで停滞したものに感じられ、そのことに失望し、気が滅入ってしまったのだ。

メキシコでの生活で日々感じていたような、肌にビシビシと当たってくるような人の活力や生命力、また、そこで自分自身も全身で味わっていた、日々勝負しながら命を張って生きている実感とでもいうべきものを、久々に体験した大学の教室では、ほとんど感じることができなかった。いま振り返っても、決してそこにいた東大の学生達が真面目に生きていなかったとか、真剣に学んでいなかったということではないと思う。

研究の道を志して、真摯に学究に取り組んでいた人を個人的にも少なからず知っているし、教授陣もまた、読書量も勉強量も圧倒的に足りていない僕ごときがその教室で学ぶには、もったいないようなすごい方ばかりだった。

単純に、そのときに自分の身体が求めていたものと、大学という場所が与えることのできるものとがミスマッチだったのだろう。メキシコシティの下町を流れる空気と、東京の大学の空気を比べたって同じでないのは当然だ。だいたい、メキシコでも学校にいられなくなって飛び出した「前科」があるので、もはや学校という場所そのものに自分が向いていなかった可能性も高い。

いずれにしても、実際には1年でも、感覚的には数年のように感じられたメキシコ生活を経て、久々に過ごす日本での、そして、大学での生活が大きなストレスになってしまったこと自体は否定のしようがなく、帰国から2カ月と経たぬうちに、体重も10キロ近く増えてしまった。

1年目から引き続きお世話になっていた小松先生の説得で、退学だけは踏み止まったものの、卒業に向けて何とか必要な単位だけをそろえていく灰色の大学生活を送っていた。目の前の生活に関してすらそんな状況だったので、すでに目前に迫った卒業後の進路を考えても、一向に明確な答えが出せない日々だった。

数年の休学を経たとはいえ、「新卒」扱いになることには変わりなかったので、立場的には新卒一斉採用の就職活動に参加することもできた。

でも、初めて休学届を出した3年生の終わりごろと同じで、自分がリクルートスーツを着て企業を訪ねたり、面接に参加したりするイメージはまったくもてなかった。

それに当時の自分の状況を考えたとき、休学していろいろやっていたとはいえ、学生生活8年目、つまり、一般的な4年生大学卒業の年齢より4年遅く大学を出ることになる。それも修士号をもっているわけでもなく、たんなる学部卒だ。

大学1年目に、自分の時間を生きると決めて、そこからずっと本能や感覚に従うように生きてきたものの、決して進んで世の中に背を向けたかったわけではなかった。

あくまで自分にとって自然で必然的と感じられる方向に足を向け続けたら、結果的に多くの人と異なる道を歩いていただけだ。

そこにはたしかに、かつて小松先生が話してくれた「狭間の苦しみ」も存在した。しだいに世の中の「主流」からズレていくばかりの自分の道が、結局どこにもつながらず、遅かれ早かれ人生に行き詰まってしまうんじゃないか。

そうした不安が、いつもすぐそばをついてくるような感覚があった。親をはじめ、周りに心配もかけていた。それでも、ひとつひとつの選択や決断に後悔だけはしていなくて、それが当時の自分にとって、ひとつの救いになっていた。

それがいざ、大学卒業を目の前にした途端、いきなりあわてて新卒という切符を握りしめて、行き先の一つも見えないまま、4年遅れの就活列車に駆け込み乗車だなんて、そんな中途半端なことをしてしまったら、それはこれまで自分が歩んできた人生に対する冒瀆《ぼうとく》のように感じられた。自分の学生生活が、結局は子どものごっこ遊びで終わるのか、あるいは、大人になっても自分を貫くためのリハーサルとして残るのか、そのまさに瀬戸際に立っている感覚があった。

結局、リクルートスーツは一度も着なかったし、合同説明会などの就活イベントにも行かなかった。いわゆる就活サイトにもいっさい登録しなかった。

そこには、多少の意地もあったのかもしれないけれど、それ以上に「こっちの道じゃない！」という、ほとんど本能的な感覚からくる判断だった。だから、「しなかった」というよりは、いろんな意味で「できなかった」と言ったほうが正確かもしれない。

ただ、当然ながら、この決断によって何かが解決するわけではなく、むしろ自ら選択肢を減らしたことで、状況はより困難なものになった。学生の自分に対して世の中が用意してくれた、ある意味で最後のレールへの乗車券を自ら放棄したのだから、まさに、自分の目で見て、自分の心で感じて、自分の頭で考えるしかなくなってしまったわけだ。

しかもこのとき、僕にはすでに婚約者がいた。メキシコの語学学校で出会った4歳年下の女性で、ときを同じくして日本に帰国していた。

彼女は日本の高校を卒業したあと、しばらくアルバイト生活を送って貯めたお金を持って、単身メキシコに渡り、その貯金を切り崩しながらスペイン語の習得に励んでいた。そんなところに僕が現れ、やがて交際相手となり、婚約者となった。

メキシコから帰国する際、僕の大学卒業と同時に結婚することを約束し、彼女はそれまで再びアルバイト生活を送りながら待ってくれることになっていた。婚約者を安心させるためにも、自分の、いや自分達の進むべき方向を1日でも早く見定めたかった。しかしながら、道なき道を行くことを選んでしまった以上、そう簡単に答えが見つかるわけもない。

あっちを目指しては立ち止まり、こっちを目指してはまた引き返しといったことを繰り返している間に、年が明け、その数カ月後にはあの東日本大震災、さらに、福島第一原子力発電所事故の発生によって、世の中全体が大きすぎる痛みと混乱に苛まれる状況に陥った。いろいろなことが不透明かつ不安ななか、僕自身も命がただ在ることの奇跡と儚《はかな》さを痛感させられ、そのうえに生きるということ、あるいは、その意味や目的について、あらためて深く考え、見直さずにはいられなかった。結果、ますます迷いは深まっていった。気がつくと卒業論文に何を書くかすら、まともに考えられなくなっていた。

そんな迷走に次ぐ迷走のなか、突如として訪れたのが、あのブラジル人サッカー選手ネイマールの衝撃だったのだ。

YouTube上の動画ひとつに人生を変えられた瞬間だ。サッカーファンの方には説明不要かもしれないが、彼は当時すでに、サッカー王国ブラジルではスーパースターで、大胆で恐れ知らず、積極果敢なプレースタイルを好む選手だった。

サッカーをプレーする歓び、ボールを使って自由かつ存分に自分を表現する楽しさが、その全身から伝わってくるような選手だ。その姿は創造的なアーティストであり、路上の無邪気なサッカー少年そのものであり、観ているだけで愉快で痛快な気持ちになった。

気がつくと、夢中で彼の動画を繰り返し再生し、食い入るように視聴していた。

その日だけではない。それからしばらくは、ほぼ毎日、暇を見つけては彼の動画を探し、何度でも飽きずに観ていた。彼のプレーする姿を観ていると、自分の魂が元気になるような、細胞が喜ぶような感覚があり、不思議と前向きな気持ちになった。

このときの僕は26歳で、当時は、サッカーどころか運動そのものをまともにしていない生活を送っていた。それが彼の姿に触発されて、突然ボールを蹴りたくなってしまい、サッカー小僧だった少年時代のように、彼のドリブルを真似してみたいという衝動すら湧いてきた。当時住んでいた学生寮の物置で見つけたサッカーボールを部屋に持って帰ると、とにかく、足でボールに触れながら生活するようになった。廊下や食堂でもやたらとボールを蹴って過ごすようになったが、食堂でのドリブルだけは、一度、醒めきった顔をした後輩に、醒めきった声で注意されたことでわれに返り、すぐにやめた。

もう何年もまともにボールを蹴ってさえいなかったのがウソのように、とにかくどこかで思い切りサッカーがしたいと考えるようになっていた。

サッカー少年時代の苦い記憶

進路に迷う運動不足の26歳東大8年生が、YouTubeで一人の選手のプレー動画を観たことで、いきなり、何年かぶりに所かまわず夢中でボールを蹴り始めるなんて、どう考えても異常事態でしかないだろう。

自分の中で何か不思議なことが起こっている感覚があった。

一般に、「感動」といえば、心が動かされることをいう。素晴らしい芸術だったり、息を呑むような美しい自然だったり、あるいは、心温まる出来事だったりに大きく心を動かされたとき、それを僕らは「感動」と呼ぶが、そんな心が動く感動を超えた、もっと強い感動をときに経験することがある。

すなわち、身体が動かされる感動だ。どちらかというと感化に近いかもしれない。そういう、思わず行動せずにはいられなくなるような衝動をもたらす感動を、僕は個人的にずっと信頼していた。

メキシコでタコス屋になりたいと思ったときがそれだった。そして、このときのネイマールの衝撃は、まさにタコス以来の、理屈を超えた衝動をもたらしてくれる何かだった。

折しも進路に迷い、人生の方向を見出さんと悩んでいた時期だ。いったい自分の中で何が起こっているのか、一度真剣に分析してみることにした。その先に自分を知るヒントが何か見つかるんじゃないかという期待があってのことだったが、案の定、浮かび上がってくるものがあった。

結論からいうと、僕にとってネイマールの躍動するその姿は、自分自身の少年時代の苦悩や疑問、トラウマに対する一発回答のようなインパクトがあったというのが事の本質のようだった。彼の躍動に、心の片隅に実は残っていた、少年時代の深い古傷が癒えていくようなカタルシスを感じていたのだ。

幼いころ、僕は筋金入りのサッカー小僧だった。小学校低学年のときにJリーグが開幕し、僕も当時の多くの子ども達と同じようにサッカーに夢中になった。

プロ選手を目指すような発想も才能もなかったけれど、周りの同級生と比べても明らかに熱中度が高く、クラスではサッカー大好き少年の代名詞のような存在になっていた。その同じ年、地元の少年チームに入った。

ところが、このクラブチームの監督が、試合中によく感情的に怒鳴る人だった。とくに、僕が一人だけ低学年でチームに加入したころは、主力だった高学年の子達が散々怒鳴られるのを、いつも目の当たりにしていた。程度をわかりやすく表現すると、ゴールを決めても思い切り怒鳴られるようなことがあるチームだと思ってもらえたらいい（ゴールに至る過程が監督の理想に反している、というのが理由だった）。

実際、僕もゴール後に怒鳴られたことがある。あるいは試合後のミーティング中、何らかの理由で怒りに駆られていた監督が力任せに蹴ったボールが、輪になって話を聞いていた選手の一人に直撃したこともあった。

いま、「選手」と書いたが、それは要するに小学生の「児童」だ。しかも、たいてい、怒鳴られるのは特定の何人かに偏っていた。上の学年でよく怒鳴られていた子の顔はいまでも思い出せるし、僕の学年では明らかに僕がその筆頭だった。

当時は、とにかく自分に何か問題があるのだと思って、子どもの未熟な頭で一生懸命考えたりもした。考えた結果、監督に限らず、周囲の人間を苛立たせたり不快にさせたりするようなところは自分という人間のなかにたしかにあると、子どもながらに感じたし、それは人として変えていくべき部分だと、おおいに反省もした。あるいは、試合における自分のプレー選択が不正解ばかりで、そのせいで監督もチームメイトもうんざりしているのだろうと思っていた。

あとになって冷静に考えてみれば、9歳から12歳の児童が、そこまで精神的に自分を追い込むような状況そのものの不健全さに気がつかされる。たしかに、あのころの自分を振り返ると、僕が指導者だったとしても、自らを省みさせ、いくつかの勘違いに気づかせるようなことはすると思う。でも、試合中に感情のままに怒鳴ったり、練習中に存在しないかのように扱ったりする必要はまったくないし、方法はほかにいくらでもあったと思う。

結局、6年生を終えてチームを卒業するころには、すっかりサッカーが怖くなり、完全に自信も前向きな気持ちも喪失していた。失意のまま、中学ではサッカー部への入部を選択しなかった。

考えてみれば、最終学年で迎えた市の大会では準優勝していて、準決勝では9番をつけた自分が7点を取ったりもしていたので、少なくとも、あそこまで絶望的な気持ちになる必要はなかったと思う。実際、僕がサッカーをやめたことを知った小学校時代のチームメイト達が驚いて、その後も何度かサッカー部に誘ってくれた。そのおかげで、必ずしもみんなから嫌われていたわけではなかったことをようやく理解できた。

だいたい、勝ったとか負けたとか、強いとか弱いとか、うまいとか下手とか、そんなことも本来どうでもいい。一人の少年が自信を失くしたばかりか疑心暗鬼にまで陥り、あんなに大好きだったはずのサッカーからそんな悲しい気持ちで離れてしまったこと自体が、きわめて不幸な出来事だった。

そんなサッカー少年時代、最後は悲しい別れが待っていたものの、楽しい瞬間もたくさんあった。その多くは、学校の休憩時間にクラスメイトと楽しむサッカーであったり、あるいは、チームでも監督の代わりに大学生のコーチが試合に帯同した日だったり、要するに、誰かの視線に萎縮せず、のびのびとプレーできたときだった。そういうときは、自分で考えたドリブルの技を試したり、一生懸命練習した曲がるボールを蹴ってみたり、いつも何か実験しながら、ひとつひとつのプレーそのもの、その時間そのものを楽しんでいた。

そんな遊びのサッカーを、チームで監督のもとでプレーするときには、別の「もっと真面目にちゃんとやるサッカー」に切り替えているような感覚があった。

同じサッカーでも全然違う2つのスポーツみたいに感じられて、子どもながらに何ともいえない不思議な感覚だった。

ネイマールという名の光

ここで話をネイマールに戻そう。もう、おわかりかと思うが、彼のあの歓びと創造性に溢れたプレーは、僕もかつて過ごした「遊びのサッカー」の世界そのものであり、その究極の完成形としてこの目に映ったのだ。しかも、それをサッカー王国ブラジルの名門チームのエースとして、トッププロの舞台で圧倒的に実現しているのだ。

少年時代に感じていた疑問の一つに明確な答えが与えられた気がして、それがとにかく嬉しかった。妙な言い方だけれど、消化不良感を抱えたまま、意識のどこかに漂っていた少年時代の亡霊が、いわゆる成仏でもしたかのような感覚だった。アニメや漫画で、地縛霊が主人公に問題を解決してもらって、最後に「ありがとう」と言ってスッと消えていく、ちょうどあの感じだ。

「そうだ、サッカーってシンプルに楽しいものじゃん！　とにかくサッカーが楽しい、サッカーで何か面白いことをやってみようといつも考えていた、あのころの自分の気持ちそのものが間違っていたわけではなかったんだ」

ネイマールの姿を観て、僕は知らぬ間にずっと置き去りにしていたらしい、サッカーを100パーセント大好きだったころの童心を取り戻すことができた。

不本意なかたちでサッカーから離れたことが一種のトラウマになり、その後の人格形成に少なからぬ影響を及ぼしていた僕の人生において、この感覚はきわめて大きな意味をもつものだった。

こうしてひょんなことから自然なかたちで、自らの過去と向き合い、胸のつかえがとれたような感覚になった僕には、2つの感情が芽生えていた。1つは、ここでもう一度、自分の原点に立ち返って、思い切りサッカーのプレーを突き詰めてみたいという感情。そして、もう1つが、ネイマールという青年に対する人としての好奇心だった。

ヨーロッパを中心に理論やデータがサッカー界を席巻し、伝統的に芸術的サッカーを志向していたブラジルですら、フィジカルやスピードが重視されるようになっていた21世紀にあって、どういうわけでこのネイマールのような選手が生まれたのか。

いったいどういう環境でどのように育った結果として、この自由奔放なスタイルをどこまでも貫く選手になれたのだろうか。そこがとても気になった。

1つ目の感情である、自分がサッカーを突き詰めたいという気持ちには、幸いすぐに場所が与えられた。同じ寮に住んでいた大学院生の先輩が、学生仲間でつくったチームに入っていることを知り、僕も入れてもらったのだ。

やるからには真剣にと思い、少年時代には目指すこともしていなかったプロ選手を、心の中で一度、本気で目指してみることにした。

愚かで馬鹿げた考えなのは百も承知だったけれど、少年時代の自分のための一つの儀式のようなつもりで、心は真剣に、僕でもまだ選手を目指せるだろうかと想像しながら、アマチュアの同好会チームの練習に謎の本気っぷりで参加した。

当然、すぐに自分の身体の限界を知り、選手になるなんて考えたこと自体がクレイジーだったことを悟るのだが、それでもほんの一瞬でも、プロの世界まで想像してボールを蹴ってみたことは、自分の中で意味のある時間となった。

少年時代の消化不良感にケジメがついた感覚があったし、プロ選手への敬意もそれまでになく深まった。自分の人生をひとつ先に進めるうえで、個人的には間違いなく意味のある儀式だった。

2つ目の感情は、一人の人間としてのネイマールに対する強い好奇心だ。

結局、この好奇心が、僕を地球の反対側のブラジルまで連れていき、サッカーに仕事で関わる未来へと導くことになる。あの日、ニュースを見て動画を視聴しなければ、間違いなく起こっていなかった未来だ。

それでもメキシコでタコス屋を目指していたとき以来のワクワク感や高揚感があったし、帰国してからそんな気持ちになったのも初めてだったので、そのまま自分の感覚に従って突き進むことにした。

8年もの月日を過ごした学生生活の最終年、僕はYｏｕTｕｂｅで観たネイマールのドリブルに触発されたことをきっかけに、ブラジル移住を進路の第一希望として志すことになるのだった。

第4章

ブラジル移住計画

そうだブラジル、行こう

2012年2月下旬、ブラジル連邦共和国サンパウロ州の州都サンパウロ郊外に位置するグアルーリョス国際空港に、僕は初めて降り立った。

カナダのトロントでの7時間の乗り継ぎ待ちを含め、日本の空港から実に30時間超。昔からいつか訪ねてみたいと思っていた「地球の反対側の国」へと、ついにやってきたのだ。一応は、卒業旅行も兼ねた1週間余りの滞在だったけれど、最大の目的はブラジル移住の実現に向けた仕事探しと下見だった。

翌月、つまり、大学卒業と同じタイミングでの結婚を控えており、夫婦で新生活をスタートさせる場所としてのブラジルの可能性を見極めるのが、この旅の目的だった。

ちなみに、この時点で知っていたポルトガル語は、ごく簡単な挨拶やお礼の言葉と、ブラジルへ向かう機内で隣の席の女の子に教えてもらった「君の名前は何？」くらいだった。でも、その「ほとんど何も知らない」という感覚が、むしろ新鮮で嬉しく、新たな世界で新たな人生をまた始めていけることにワクワクしていた。

それにしても、あの〝ネイマールの衝撃〟から1年と経たぬうちに、まさか本当にブラジルを訪ねることにまでなるとは、少なくとも、あの瞬間にはまったく想像もしていなかった。あれから急にサッカーボールを蹴り始め、わずかな期間ではあったがプロに至る道を意識して、真剣にサッカーに取り組んでみたことは前述したとおりだ。

それからさらに数カ月後の12月某日、僕は運良く手に入れたチケットを片手に、横浜国際総合競技場に足を運んだ。サッカーのクラブチーム世界一を決める、ＦＩＦＡ クラブワールドカップの決勝戦を、現地で観戦するためだ。

若きネイマールを擁する南米王者サントスと、世界最高の選手リオネル・メッシを擁する欧州王者バルセロナとの一戦は、この両雄の初対戦ということもあり、例年の同大会決勝と比べても大きな話題になっていた。結果はバルセロナの圧勝で、このとき弱冠19歳のネイマールにとっては、手痛いレッスンを受けた90分間となった。

この試合は、2年後に彼がバルセロナ移籍を決断する伏線になったともいわれる一戦で、ある意味、彼の人生を新たな方向へと動かした夜だったといえるかもしれない。

そして、この試合を通じて、人生を一気に加速させられた人間が少なくとももう一人、観客席に座っていた。そう、僕のことだ。

ついに、ネイマールの姿を直接観て（あいにく彼の試合にはならなかったものの）、いくつか彼らしい輝きを放った瞬間を目撃することもできた。

彼への興味が尽きなかった僕としては、これだけでもすでに記念すべき夜になったといえる。しかし、実際にはそれ以上のことが起こった。その結果、この試合のスタンドで、僕はもう半分以上、卒業後のブラジル渡航をイメージし始めていた。

それは、ブラジルから横浜まで大挙して押し寄せていたサントスサポーターのみなさんが、全力の大声で愛するチームの名前を叫ぶのを聞いていたときだった。

「サーーーーントーーーーース！」

と繰り返されるその合唱を聞いているうちに、何だか自分がサントスの地に呼ばれているような気がしてきたのだ。

遠からずブラジルに渡り、サントスまで行って、今度は向こうのスタジアムで再び彼らの叫ぶ歌を聴くことになるんじゃないかと、気がつくとそんな想像を働かせながら試合を観ていた。数年前に「メキシコに呼ばれている」と信じて現地に渡った経験が、妙なかたちで活きてしまっていたといえる。

あのときは、メキシコへと僕を誘うメールが友人から直接届き、実際に現地のみなさんからも「帰っておいで」と言われたので、文字どおり「呼ばれた」といえる。一方、このときはブラジルのみなさんがサントスの名を呼んでいるのを聞いて、勝手に僕が呼ばれているかのように解釈しただけだった。

そういえば、大学で学部を選択するときも、「あの学科が僕を呼んでいる」などとぬかして、例の小松先生から「餓鬼の戯言《ざれごと》」と一刀両断にされたことがあった。

わけのわからんことを言っていないで、ちゃんと考えてよく調べて決めるべしという、至極まっとうな説教を受けた。おっしゃるとおりだった。

なので、あのとき、本当にブラジルから、そして、サントスから「呼ばれて」いたかどうかは正直わからない。ただ、あの歓声を聞いて、ピッチで戦うネイマールの姿を観て、周りにいたブラジルのみなさんを見渡して、何だか居ても立ってもいられない気持ちになったことだけは間違いなかった。

翌日、一夜明けて多少は落ち着いた気持ちで東京駅の前を歩いていたとき、

「よし、ブラジルに行こう」

そう心を決めた。呼ばれていたかどうかはもはや関係なかった。この身体の感覚がきっと自分にとって必要な何かを求めていて、それがブラジル方面にあるらしいことだけは確

信できたのだった。僕自身がいま、何らかの理由でブラジルを必要としている。その直感に賭けてみることにした。

心を決めたからには行動するしかない。まずは、婚約者にその決意と想いを伝えた。

「わかった。決めたならがんばって」

と即答だった。交際から結婚を経て、現在に至るまで約12年、彼女は僕のどんな突飛な決断に対しても一緒に覚悟を決めてくれる。それは、言葉で言い表せないほどありがたいことだ。

決意を可視化するためにも、書店でいくつかのポルトガル語参考書をそれぞれ2冊ずつ買って、いずれも片方を婚約者に渡した。ブラジル移住の方法についても、具体的に調べ始めた。まずはビザの取得方法や、現地での働き口の有無だ。これを確認しないことには何も始まらない。

そのうえで、現地の日本人移住者によるブログをはじめ、日本語で発信されている現地情報には、とにかく片っ端から目を通し、同時に、ブラジルについて書かれた本も新書を中心に手当たりしだいに読んでみて、自分なりに現地の感覚をつかみにいった。

まだ、本格的に移住を志す前ではあったが、秋に東京都内の映画館で開催されていたブラジル映画祭に足を運んでいたことも、現地の具体的なイメージを得るうえで効果的だった。こういうとき、映画はとても頼りになる。もちろん、映画と現実がまったく同じなわけはないけれど、現地の風景や人々の生活の様子、価値観など、想像力をもって観れば感じ取れること、読み取れることは少なくない。

音楽も、ブラジルのものを積極的に聴くようになった。曲によっては歌詞の意味を調べたりして、少しずつでもポルトガル語の感覚を身につけようと試みた。歌詞の中身は深くないけれど、なぜか元気の出る曲がたくさんあって、それもブラジルへの興味をいっそう搔き立てた。

このほか、東京都内在住でブラジル在住経験のある方に連絡を取り、会っていただいたりもした。とにかく、思いつくことは何でもやるという感じだった。

そうした作業と並行させるかたちで何とか卒論を仕上げ、無事に卒業の目処が立ったタイミングで、まずは単身、ブラジルに乗り込んでみることにしたのだ。

彼女のバックグラウンド

それにしても、あのスタジアムでの経験があったとはいえ、いったいブラジルという国の何にそこまで惹かれていたのか。

ネイマールのプレーに強烈な興味を引かれたときと同様、今度はブラジルに惹きつけられていく自分の感覚や判断の正体についても、この時点で可能なかぎり分析して言語化しておきたかった。

人生がかかった決断を下す以上、しかも、婚約者の人生を思い切り巻き込むことになる以上、その作業を疎かにするわけにはいかなかった。すると、やがていくつかのキーワードが浮かび上がってきて、自分がブラジルを目指すことの必然性が言語化され、感覚的にだけでなく、論理的にも納得して歩みを続けることができるようになった。

ここでは、そのなかでも最大の動機になったものだけを記しておくことにする。

それは婚約者であり、ほどなくして妻となった自分のパートナーを、ほかのどこでもなく、ブラジルに連れていきたいという想いだった。

彼女の生い立ちを簡単に説明すると、メキシコ人の母親と日本人の父親をもつ、いわゆるハーフの女性だった。といっても生まれも育ちも日本の埼玉県で、家庭での会話もすべて日本語だった。こうした背景のもと、彼女は幼いころから以下のような会話を数えきれないほどに経験して育っていた。

「ハーフ？　じゃあ、英語話せるんだ！」

「話せないよ、メキシコだから」

「じゃあ、メキシコ語、話せるんだ？」

「メキシコ語じゃなくてスペイン語だよ」

「そっか、じゃあ、スペイン語話せるんだ？」

「話せないよ。生まれも育ちも日本で、家でも普通に日本語だから」

人間、こういうやりとりを幾度となく強いられていれば、相手の期待に応えられないことで何だか申し訳ないような気持ちにさせられ、やがてそれにも慣れてくると、だんだん無感情に自動回答するような感じになっていくのは想像に難くない。

幸いにしていじめに遭ったり、よそ者扱いを受けたりするようなことこそなかったようだけれど、このほとんど不合理なやりとりをはじめとする、いくらか特異な経験の蓄積は、少なからず彼女の人格形成や進路選択に影響を与えていた。

家庭があまり裕福でなかったという事情もあったものの、それ以上に彼女自身の強い決意もあって、高校卒業後は、進学も就職もせず、アルバイト生活を送り、貯めたお金をもって単身メキシコに渡った。

いくら自分のルーツがあるとはいえ、高校を卒業したばかりの19歳で、言葉もわからず暮らしたこともない、しかも、治安が悪いと評判の国に単身で飛び込み、懸命に努力してスペイン語を理解し話せるようになった彼女を、僕は心から尊敬している。

ただし、その達成の陰で、知らず知らず相当の精神的負荷もかかっていたらしい。出会って親しくなってしばらくしたころ、彼女が自分で気づかないうちに、一種のうつ状態に陥っているらしいことに気がついた。

些細なことでも口癖のように、すぐに「ごめんなさい」と謝るところや、誰かの家でパーティーに呼ばれても、招待された側なのにひたすら料理を運んだり片付けを手伝ったりして、まったく寛《くつろ》ぐ様子がないところなども気になっていた。

それによくよく話を聞いてみると、留学を始めた当初に自分がもっていた理想からどんどん遠ざかっていく絶望感に苛《さいな》まれ、進路に関しても袋小路に迷い込んだような気持ちで過ごしていたらしいことがわかった。

人は単純な一つの原因で、ある日突然、うつ状態に陥るわけではない。これは、僕だけでなく多くの人が直感的、あるいは経験的に感じていることだろうと思う。

彼女の場合も、おそらく原因は複合的だった。生来の生真面目で不器用な性格に加え、目立ったり人目を引いたりすることが嫌いなのに、見た目のせいで人の視線を集めやすかったこと、すでに述べたように、「ハーフなのにスペイン語がわからない自分」を決定的に不十分な存在のように感じていたこと。

一見、温かいようで、実は必ずしも深くわかり合えてはいなかった家族との微妙な関係、ホストファミリーとの関係も含め、メキシコでの生活で感じたさまざまなカルチャーギャップ、何かに行き詰まるたびに自分自身を責めてしまう思考の傾向など、そのときどきでは流していたものの、深いところで消えずに溜まっていた多種多様なストレスが積み重なって、最終的に彼女のもっていた容量をほぼ埋め尽くしかけているような状態に見えた。

当時の僕らの関係は、お互いに交際相手でも恋愛対象でもなく、どちらかといえば同じメキシコの地で頑張る兄と妹のような関係だったが、こちらの世話好きな性格も手伝って、彼女に自分が感じていたことを伝えてみることにした。

すなわち、「ちょっと一度、本気で肩の力を抜いてちゃんと休んだほうがいい」というものだ。といっても、無意識レベルで生真面目がすぎる人に、「肩の力を抜け」と伝えたところで、それでそのとおりにできることのほうが稀だ。だから、もう少し具体的に、「目が覚めてもどうしてもうまく起き上がれないと感じた日は、無理せず一度、語学学校をサボってみてもいいかも」

そう伝えた。結果、一度、自分にそれを許したが最後、彼女はまったく学校に通えなくなってしまった。その後、いくつかのきっかけを経て、僕と彼女は交際相手となり、やがて、婚約者となったわけだけれど、日本に帰ってからも彼女の精神状態は安定せず、むしろ、2年ぶりの実家暮らしや日本での生活そのものに居心地の悪さを感じてしまっていたことで、より不安定になっているきらいすらあった。

また、僕自身もまだまだ若く未熟で、とくに帰国後は自分の人生を前に進めることにすら苦戦しているような状況でもあったので、やはり、お互い感情的になり、激しい喧嘩になってしまうことも多かった。

大人の目線で冷静に考えれば、そんな2人がどこか急ぐように結婚を決めたこと自体が間違いであったかもしれない。事実、別れ話も何度かした。それでも最終的には僕も彼女も、一緒に生きる道を選ぶことにした。

日本で生まれ育ちながらも日本に属しきれていないような感覚とともに育った彼女は、それでいざ、メキシコに行ったら行ったで、結局、同じように周囲から好奇の視線を浴びることになり、まるで自分がどっちつかずの中途半端な存在であるかような感覚に陥っていた。もちろん、同じ状況に置かれても、悩まないタイプの人はいると思う。人それぞれ、自分だけの性格や文脈や事情を抱えていて、あることでは葛藤し、また別のことでは葛藤しなかったりする。僕のパートナーに関していえば、アイデンティティの問題以前に、そもそも人目を引くこと自体に強い心理的抵抗を感じる性格だったこともあり、そのことが彼女の悩みを深くさせていた。

そんな彼女の様子を見守りながら、あるときふいに思いついたのが、真剣にルーツに向き合うこと自体をいったん脇において、もっと気軽に第三国を開拓してみるというアイデアだった。

たとえば、学校でも家でも居心地の悪さを感じている高校生にとって、何でも相談できる店主が運営するカフェや食堂、あるいは自分のペースで好きに過ごせる図書館などが憩いの場所となり、救いになったりすることがある。余計なことを考える必要がなく、肩の力を抜ける場所があるというのは大切なことだ。そこで自分を取り戻すことができれば、再び学校や家で過ごすときにもいくらか心の余裕が生まれていたりする。ちなみにこれは、当時の僕のことだ。

それと同じような意味合いで、２つの国の狭間で生きていた自分のパートナーも、一度思い切って第三国を訪ねてみたらいいのではないかと考えたのだ。

もちろん、自分のルーツがある国の両方を深く知っていくのは素晴らしいことだし、妻が高校卒業後にメキシコに渡ったのは、当時の彼女にとって間違いなく必要で、最良の決断だったと思う（お陰で僕も彼女に出会えた）。

しかし、そのメキシコでの暮らしも一度経験したうえで、このときの彼女に必要だったのは、おそらく別の道だった。もっと具体的にいってしまえば、要するにブラジルという第三国を開拓することが、ひとつの突破口になると思ったのだ。

２００近い多種多様な国が存在するこの世界で、ほかならぬブラジルに可能性を感じたのにも理由がある。

メキシコと同じラテンアメリカの大国だから、すでにメキシコで2年暮らした彼女には適応のストレスが少なくて済む。それでいてスペイン語圏ではないので、自分のスペイン語能力に関して思い悩む必要もない。

そして、最大の理由がブラジル社会の人種多様性と包摂性だ。

まだ、実際に訪ねたわけではなかったが、ブラジルが世界最大級の多人種社会であることは知っていたし、なかでも百数十万人といわれる日系人が暮らしている土地柄、僕のパートナーのような「日本とラテンが混ざった見た目の人」の存在自体がまったく珍しくないだろうという期待があった。

日本でもメキシコでも周りと異なる見た目のせいで、好奇の視線を浴びてきた彼女は、まだ親しくなってそう長くないころ、僕との他愛もない会話のなかで「自分を動物にたとえたら」という話題が出たときに、ためらうことなく「ゴリラ」と即答した。

理由を尋ねたら、「デカくて黒いから」と、こちらも即答だった。そこにはいっさいの迷いも感じられなかった。

べつに自分をゴリラにたとえること自体は本人の自由なのでどうこういうつもりはなかったが、それでも一般的に考えて、日本で生まれ育った当時20歳の女性が、とくに幸せでもなさそうな表情で、そんなふうに言い切っている様子は、やはり、気になった。

そこで、いったん彼女の見解を受け止めたうえで、「ちなみに、ゴリラって実はめちゃくちゃ愛情深い動物らしいんだけど、知ってる?」と質問してみたところ、少しぶっきらぼうな調子で「そうだよ」と返ってきた。

完全に1頭のゴリラとしてゴリラ界を一身に背負い、全ゴリラを代弁しているかのような口調だった。

せっかく美しい褐色の肌と健康な身体をもって生まれてきたのに、もはや、自分が人間であることすら忘れている様子だった。なかなか深刻だな、というのが、そのときの僕の偽らざる感想だった。

そんな彼女だからこそ、ブラジルに行って自分と何となく似たような感じの人達が街をたくさん歩いているのを目の当たりにすれば、自分も人間であることを思い出せるんじゃないかと思ったのだ。

10日間のブラジル

こうして仕事探しを兼ねた現地調査のため、まずは単身飛び立ったわけだけれど、この最初のブラジル訪問の滞在期間は約10日間だった。

やるべきことは仕事探しに加え、就労または学生ビザの取得方法の調査、生活していくうえでの物価調査、治安も含めた暮らしやすさの確認など多岐に渡っていたので、悠長に過ごしている時間はあまりなさそうだった。

サンパウロ市内の旧日本人街リベルダージ地区で、日本人の方が運営していたペンションに部屋を借りて、早速動くことにした。

サンパウロを選んだのは、やはり、大都市で人も情報も機会も集まる場所だったこと、ブラジルのなかでもとくに日系人人口が多く、適応が比較的スムーズな印象があったことなどが理由だった。

そのなかでもリベルダージ地区は、第2次世界大戦前後に形成された世界最大級の日本人街で、長きにわたってブラジルにおける日系社会の象徴的存在だった場所だ。

時代とともに日系人率が減少し、代わりに中国系や韓国系の人々の流入が進んだため、現在では「東洋人街」と呼ばれるようになっている。それでも現地のブラジル人の大半にとっては、この街のイメージは「日本人街」のままで、実際にいまでも多くの日本食レストランや日本式スーパーのほか、アニメ関連グッズを扱うモールなど、日本関連の店がたくさんある。

街のデザインも提灯をイメージした街灯が並んでいたり、鳥居や日本庭園があったり、「大阪橋」なる橋が架かっていたりと、こちらの日本とはまた趣が異なる独特の風情で日本の香りが漂っている。日本人移民史への関心もあったので、ブラジルでの最初の冒険はまず、このリベルダージを拠点に始めていくことにした。

理想をいえば、最初からポルトガル語を駆使して、日系とか日本人とかに関係なく、正面からブラジル社会に身を投じて勝負してみたい気持ちもあった。でも、実際にはポルトガル語もわからないし、現地事情も全然知らなかったので、なかなかそういうわけにもいかなかった。

メキシコでは、友人の存在をきっかけに、初日から僕をホームステイさせてくれたメキシコ人家族との関係から始まった。そこから一つひとつ、新たな人との出会いがあり、やがてたんなる外国でなく、心から第二の故郷と思える場所になった。

それに対して今回のブラジルは、この時点で縁もゆかりもなく、知り合いの一人もいなかった。以前なら、知り合いのいない国にはビビって行けなかった僕にとって、このブラジルプロジェクトは、完全なるゼロから自分の居場所をつくりにいくという、まったく新しい挑戦だった。

そこでまずは堅実に、日本人であり、日本語のネイティブという個性を生かすかたちで仕事を探そうと思った。事前にアポを取っていたのは2カ所。サンパウロの日本人学校と、現地の日系人および日本人向けに発刊されていた日本語新聞社だ。

結論からいえば、どちらも自分の職場にはならなかった。

前者に関しては、学校の環境が素晴らしく、ここで教壇に立てたら面白いだろうという期待も大きかったけれど、そもそも学校が求めていたのは、あらかじめ現地に在住している人間で、かつ教員免許をもっていることが望ましいということだった。

そのことはわかったうえで面接の機会をつくっていただいたのだけれど、やはり採用されるには至らなかった。ブラジルでの生活面について話したとき、かつてメキシコで現地のコミュニティに溶け込んで暮らした経験のある僕の感覚と、日本人コミュニティの内側で徹底的な安全対策をしながら生活していた学校職員のみなさんの感覚に大きなギャップがあることも浮き彫りになっていたので、その意味でもご縁がなさそうな感じだった。

日本からの突然の面接希望に対して、時間を取っていただけただけでもありがたかったし、結果的に学校見学もできたので、ある意味満足だった。

次に訪れた日本語新聞の会社でも、いろいろと丁寧にこちらの質問に答えていただいたが、最終的に正式な応募はしないという結論を自分で下した。

新聞記者というかたちで日系コミュニティに出入りすることで、ブラジル日系社会や日本人移民史について深く学べること、ゆくゆくはポルトガル語を使った取材活動を通じて語学力と現地精通度の両方を高めていけることを期待していたのだけれど、実際には日本語での仕事がほとんどのため、ポルトガル語を学べる環境や時間はほとんど約束できない、ということだった。そのほかのもろもろの条件面も含めて、現実的に考えると応募を断念せざるをえないという結論になった。

つまり、あらかじめアポを取っていた2カ所は、現地到着早々に選択肢から消えてしまった。そこで、現地で日本人向けに発行されていた情報誌を手に入れて、そこに載っていた求人情報を見てみたりもした。選ばなければ何らかの仕事が見つかる可能性はありそうだったものの、夫婦で生活していくだけのお金を稼げなければ意味がなかったし、さらにビザも出る仕事となるといっそう探すのが難しかった。

その一方で、新たにわかったこととして、実は学生ビザで在留資格を得ながら働いて暮らしている日本人も、少なからずいるという事実があった。雇う側にも雇われる側にもメリットのある状況下で、両者の合意によってそうした形態が成立しているようだった。

ちなみに、ブラジルでは約10年に一度、在留資格のない「非公式」な住民に、恩赦というかたちで政府が永住権を付与する慣例がある。現地で知り合った日本人の方で、数年前にたまたまブラジルを訪ねたタイミングが奇跡的にそれと重なって、棚ぼたのようなかたちで永住権を手に入れたという人がいた。逆に、この恩赦による永住権取得に賭けて、本当に10年近い年月を在留資格なしで待ち続けたという日本人にも遭遇した。

ブラジルや米国など世界中から多くの移民を受け入れて成長してきた国の政府は、こうした「非公式」な住民の存在と労働力も少なからず勘定に入れているのかもしれない、などと思ったりもした。

そこで一応、学生ビザの取得方法についても調べてみたところ、あるポルトガル語学校がかなり安価で授業時間も短いプログラムで学生ビザを出しており、その仕組みを活用してひとまず在留資格を得ている日本人が多いということだった。

ところが、さらにくわしく調べてわかったのは、ちょうど、僕がブラジルに渡航したのとほぼ同じタイミングで日本のブラジル総領事館の領事が交代しており、新領事のもとでビザ発給基準の抜本的な見直しが行われるということだった。

実際にこの見直しの結果、それまで多くの日本人が恩恵を受けていたもっとも簡易なビザ取得方法が消滅し、その何倍もの金額を用意しないといけない状況に変わってしまうことになる。まさに、僕がブラジル移住を志したそのタイミングでこれが起こったわけなので、ちょっと期待とは別の方向の流れを感じずにはいられなかった。

それでも一応、サンパウロ大学のキャンパスを訪ねて語学学校や大学院について調べてみたり、当時もっとも主流なSNSだったフェイスブックを通じて連絡を取った現地在住の方に時間をつくってもらい、いろいろ話を伺ったりもした。やはり、容易に突破口は見出せなさそうだった。

さらに、現地のスーパーや飲食店を訪ねたり、公共交通機関をいろいろ使ってみたりして感じたこととして、予想していた以上に物価が高いという問題もあった。少なくとも、僕らが暮らしていたメキシコと比べたら格段に物価が高く、まともな蓄えもない新婚夫婦が一歩を踏み出す場所としては、かなりハードルが高いことは明らかだった。

ところで、いま「メキシコと比べたら」と書いたが、興味深いことに、ブラジルの街を歩いて人々や社会の様子を観察すると、そのなかで鮮明に浮かび上がってきたのは、観察対象であったブラジル以上に、むしろ、かつて暮らしたメキシコの姿だった。

同じラテンアメリカの大国であるブラジルという比較対象ができたことで、たとえば、日本や米国と比べるだけでは見えてこなかったメキシコという国のさまざまな個性や特徴が、いろいろと見えてくるような感覚だった。

「ここはブラジルなのに、歩けば歩くほどメキシコの姿が見えてくる」

と、当時の日記にも書き残してある。こうして両国を比較しながら歩きまわっているなかで、ここはいったんメキシコに戻って、そこでスタートするほうが現実的なのかもしれない、という考えすら浮かんできたりもした。

ブラジル移住を目指すに足る理由を詳細に分析して複数の根拠を炙り出し、その意志を強く固めてここまでやってきたことは、紛れもない事実だった。しかしながら、真剣に目指したからといって必ずしもうまくいくとは限らなかったし、望んでいる道が本当に必要な道かどうかも試してみなければわからなかった。結婚を間近に控えるなかで、僕達が固く決めていたことはたった一つ、僕の大学卒業と同時に東京を含む日本の首都圏からは離れるということだけだった。

そんな経緯もあらためて思い出し、冷静なのか弱気なのかよくわからない気持ちも少しずつ抱えながら、引き続き動いたり調べたりしているうちに、気がつくと滞在期間の半分が過ぎていた。リベルダージや日本語のコミュニティを拠点に考えられること、できることはその時点でやり尽くした感覚もあった。要するに、行き詰まっていたのだ。残り数日で、それ以上何をやっていいかわからなくなっていた。

そんななか、ふと、なかば開き直るような気持ちとともに、一度、思い切ってサントスまで足を伸ばしてみたくなった。せっかく遠いブラジルまで来たのだ。この旅に出るきっかけになったサントスのみなさんが暮らす街、そして、ネイマールの所属先であるサントスFCの本拠地くらいは訪ねておきたい、むしろ、そうすべきだと思った。

それに「思い切る」といっても、実際の距離は決して遠くなく、標高約800メートルのサンパウロから大西洋岸に向かって、高速道路で80キロメートルほど下るだけのことだった。

翌日、リベルダージから地下鉄で南へ向かい、バスターミナルにたどり着くと、カウンターでサントス行きのチケットを買い、ドキドキしながら高速バスに乗り込んだ。

この開き直りの一歩が、ほとんど大失敗に終わりかけていた僕のブラジルプロジェクトを、思わぬ方向に導くことになるのだった。

第5章

ネイマールとの邂逅

ネイマールにサインをあげる

2012年4月、高速バスに乗って初めてサントスを訪ねた日から約2カ月経ったある日、僕はブラジルサッカー界の名門、サントスFCのクラブハウスの食堂でチームスタッフ達と昼食をとっていた。

街で一番といわれているビュッフェ料理は、実際にどれも美味しく、思わず夢中で食べてしまった。食堂内に設置されたテレビには、まさに、そのクラブハウスでいま、あるサントスの所属選手がメディアの取材に応じている様子が映されていた。

ちょうど僕の席から見える大きな窓の向こうに広がっていた天然芝のピッチのいちばん奥のほうに、テレビに移っていたその選手の後ろ姿と、彼にマイクやカメラを向ける大勢のメディア関係者の姿を確認することができた。

やがて、取材は終わり、その選手が練習場の向こうからゆっくりこちらへ向かってくる。青と黒の練習着に身を包んだ彼のシルエットはやや線が細く見え、その身体で屈強なディフェンダー達の包囲網を次々に突破しているとは、容易に想像できないところがあった。

それでも彼が放つ独特の雰囲気やオーラのようなものは、遠目からでも感じることができた。彼はそのまま、ゆっくりと僕らがいる食堂に入ってきた。リラックスした様子で歩く姿には、どこか体重を感じさせないような軽さがあり、ネコ科の動物が歩いている姿を見たときのような印象を受けた。

料理を順番に皿にのせると、自分が取材を受けていた様子が映るテレビを観るともなく眺めつつ着席し、少し遅めの昼食をとり始めた。この日、取材対応のため残っていたのは彼だけだったので、食堂内にほかの選手達の姿はすでになく、彼は一人でテーブルに着いていた。

僕の隣に座っていた、サントスFCコミュニケーション部門（広報部）部長のアルナウドが目配せをしてきた。僕と一度合わせた視線をその選手が座っているテーブルのほうに向けると、短くこう言った。

「Vamos（行こう）」

僕らは席を立ち、食事をしている彼のもとに向かった。アルナウドが彼の名を呼び、話しかけた。

「ネイマール、食事中に申し訳ない。一人紹介しておきたい人がいるんだ」

彼が食事の手を止め、こちらに身体を向けたのを確認すると、アルナウドはその肩に手を置き、もう片方の手で僕のほうを示しながら続けた。

「彼の名前はタカ。日本から来たんだ。昨年のクラブワールドカップでも、僕達のことを応援してくれた、サントスのサポーターだ。そして、これからはクラブの一員として、おもに日本向けの広報、コミュニケーションを手伝ってくれることになった」

「ああ、OK。そうなんだ、了解。よろしく！」

そう言って、こちらの目をまっすぐに見ながら手を差し出してきた彼に、僕もポルトガル語で、

「Prazer（よろしく）」

と言って手を伸ばし、握手を交わした。

進路が定まらない悶々とした日々のなか、東大前の静かな学生寮の個室で、パソコンの画面に映るそのプレーを初めて観た日の衝撃から約11カ月。

ネイマール本人と、初めて直接対面した瞬間だった。

不思議な目の色をした青年だな、と思った。ブラジルの人にしては握手の握り方があまり力強くなく、むしろ、柔らかだったのも印象的だった。

アルナウドがさらに言葉を続けた。

「ネイマール、実はこちらのタカさんが、君にちょっとしたプレゼントを用意してきたんだ」

再びネイマールがこちらに視線を向ける。好奇心に溢れた目だ。僕はアルナウドにお礼を言い、おもむろに1枚の色紙を取り出すと、ネイマールに見せた。

前日に、僕が漢字で「寧円」と書いた小型サイズの色紙だった。おわかりかと思うが、「ネイマール」の当て字だ。

「これ、漢字っていうんだけど、日本語で君の名前を書いたんだ」

「Obrigado（ありがとう）」

ネイマールはそう言って受け取ると、座っていたテーブルの一角にそのまま色紙を立てかけ、そばに置いていたスマホで写真を撮った。

どうやらその場でSNSに投稿したくなったようで、インスタグラムの画面を開いていた。「NEYMAR」とキャプションを付けて、彼はその写真を公開した。

正直、プレゼントと呼ぶにはあまりにもささやかなものだったが、一応気に入ってもらえた様子だったので、少し安心した。

彼が写真を公開するその姿を見守ったあと、僕はあらためて色紙をこちらの手に取ると、裏面を見せて漢字の意味を説明した。「寧」は平和を、「円」は完全性を表すということをポルトガル語で記しておいたのだ。

ついでに僕のサインも添えておいたので、そのことも彼に伝えた。

「これ、僕のサイン。あらためて、タカっていうんだ」

「タカ、タカだね。うん、わかった」

屈託のない瞳をこちらに向けながら、確かめるように二度、僕の名前を発音してくれた。聞きなれない外国人の名前というのは簡単に覚えられるものではないし、仮にその場で何とか覚えられても、遠からず忘れてしまうことが多い。しかも、彼はすでにサッカー王国のスーパースターで、数えきれないほど多くの人達と日々新たに出会う生活を送っている。

僕の名前もすぐに彼の記憶から消えてしまうであろうことは重々理解していたが、それでも彼ほどの人がいまこの瞬間、取材対応を終えてやっと迎えた昼食の時間に突然現れた謎の日本人に対し、食事の手を止めて向き直り、真摯に誠実に向き合ってくれたことが嬉しかった。そこに彼の素朴な人柄も垣間見えた。

最後に、メキシコ時代から旅の愛読書として持ち歩いていた薄手の『新約聖書』の表紙

にサインをもらった。僕も彼と同じように神様を信じていることを伝えたうえで、

「よかったら、日本のために祈ってほしい」

そう伝えた。当時、日本は東日本大震災から1年と少しが経ったばかりで、まだまだ大勢の人がそのなかを、あるいはその影響や余韻が深く残る時のなかを生きていた。

ちなみに、このときの僕はまともにポルトガル語を話せなかったので、スペイン語を自分なりにポルトガル語風の発音に直したかたちの、でも、実際にはポルトガル語の体を成していない謎の言語で彼に話しかけていた。

それでも、彼はこちらの目を見て真剣に話を聞いてくれ、

「わかった、お祈りだね。祈るよ！」

心からの言葉でそう答えてくれたのだった。

このときのことを、彼自身はもう覚えていないだろう。それでも一向にかまわない。これはあくまで僕にとって必要だった出来事であり、こちらは決して忘れることがないからだ。当時20歳だった彼の素朴で誠実な人柄にふれたあの数分間は、僕がまだ行き先もわからないまま歩もうとしていた冒険を、あの場で中断せず、そのまま進み続けることを決意させるに十分な経験だった。彼にはいまも深く感謝している。

Tシャツ&短パンで就職活動

あらためて、いったい何がどうなってこういう出来事に至ったのかをきちんと記しておきたい。

この日から約2カ月前、初めてのブラジル訪問の際に僕がもっていた時間は10日ほどだった。仕事探しと現地調査、すなわち移住の下見のための旅であったが、サンパウロの旧日本人街を拠点にした活動で成果らしい成果を得られないまま、すでに残りの滞在日数はわずかとなっていた。

そこで、ある意味で開き直りの境地に至り、サッカーファンとしての観光も兼ねて、一路サントスへ向かったことは前章の最後に書いたとおりだ。

Tシャツにハーフパンツ、リュックサックにサングラスという、いかにも旅人の出で立ちでサントス市のバスターミナルに到着した僕は、近くにいた人に行き方を教えてもらってバスを乗り継ぎ、サントスFCの本拠地スタジアムであるヴィラ・ベウミーロ、通称「ヴィラ」にたどり着いた。

このスタジアムへ向かう途中、トップチームの練習場兼クラブハウスである「CT Rei Pele（キング・ペレ・トレーニング・センター）」を通った。

外壁にはサントスで活躍した歴代の名選手達を描いた見事な壁画が並んでいて、その中央に描かれていたのが王様ペレの姿だった。

ちなみに、日本サッカー界のレジェンド、カズこと三浦知良選手の壁画もこのなかに含まれている。日本におけるサッカー人気のパイオニアであったカズさんのプロキャリアもまた、ここサントスで始まったのだ。ある程度の年齢の現地サポーターなら、誰もがそのプレーする姿を記憶に留めている。

ブラジルと日本、それぞれにおけるサッカーの「キング」が誕生したと考えれば、このサントスという場所は日本のサッカーファンにとって、一つの聖地といっても過言ではないだろう。

さて、スタジアムに着いた僕は、まずは感慨深くその外観を眺めた。

ネイマールや、当時のサントスが擁していたもう一人の天才ガンソなど、主力選手達の勇姿が描かれた大きな垂れ幕を見たら、ついにここまで来たんだと感慨深い気持ちが湧いてきた。

このヴィラの興味深いところは、住宅街のど真ん中に溶け込むようにしてスタジアムが建っていたことだった。通りの反対側には普通に住宅が立ち並んでいて、スタジアムのすぐ前にはバーもあった。僕もそこまでいろいろな競技場を知っているわけではないが、あれほどまで自然に生活空間に溶け込んだスタジアムというのは、ヴィラ以外になかなか見たことがない。

もうひとつ興味を引かれたのは、スタジアムのすぐ前の通りに並んでいた露店に、どう見ても非正規のユニフォームやフラッグなどが並べられていたことだった。

本拠地の目の前で堂々と〝パチモン〟が売られているなんて、日本ではまず考えられない光景だったが、こちらではとくに珍しいことではないような雰囲気だった。

ちなみに、のちにクラブのスタッフにこの件を尋ねたところ、ブラジルでは正規のユニフォームが高くて買えない人がたくさんいるから、たんにルールありきで排除してしまうわけにはいかないということ、パチモン屋さんも結果的にクラブのブランドを広めるのを助けてくれていると考えることにしている、ということを教えてくれた。

賛否両論ある話かもしれないが、個人的には想像力と寛容さに支えられた機転を感じて、心が温められた。

外観はひととおり眺めて写真も撮ったので、敷地内に一歩を踏み入れることにした。このスタジアム、僕も現地を訪ねるまで知らなかったのだが、収容観客人数こそ約1万6000人とコンパクトながら、チームの記念館とグッズショップ、そしてクラブのオフィスや下部組織の寮までが一体型の、実によくできた施設だった。

ひとまず、いちサポーターとして記念館を見学することにして、入館料を払いチケットを買った。ここから、ファンとしてサントスの栄光の歴史を鑑賞し学びつつ、同時にこのクラブで仕事を得るための作戦を実行することになる。

というのも、考えてみれば、もともとネイマールやサントスFCがきっかけでブラジルまで来ることになったのだ。だからこそ、残りわずかな滞在期間を使ってサントスの街を訪ねることに決めたわけだが、それならもう、いっそのこと、そのサントスFCそのものを仕事探しのターゲットにしてしまえばいいと、前日になって閃《ひらめ》いたのだった。

こうして思考や行動のスイッチを入れた瞬間、連鎖が続くかのようにまたひとつ重要な情報を思い出した。実は、当時のサントスFCは、もともとはポルトガル語、英語、スペイン語の3言語のみだったクラブの公式ウェブサイトに、日本語版を新たに追加して公開していた。これは2011年のリベルタドーレス杯優勝によって、日本でのクラブワールドカップへの出場権を手にしたことを受けて、日本でのファン獲得のために新たに行われた試みのようだった。

サントスの来日を前に、ファン精神からチームの情報をネットでいろいろと調べていた僕は、この日本語サイトにも一度、隈なく目を通していた。

クラブの歴史や理念をはじめとするさまざまな記事が載っていたが、それらはいずれも、おおもとのポルトガル語サイトから訳出されたもののようだった。

ところが、丁寧に一つひとつ読んでいくと、ところどころに訳が不自然な部分が見つかった。機械が訳したのか、誰かがあわてて訳したのかまではわからなかったけれど、残念ながら不十分な訳であることは否定できなかった。また、文字や字間、行間など、デザイン面においても、日本語ネイティブの感覚からすると見づらい部分が少なくなかった。

「せっかく日本語版を用意してくれたのにもったいない」というのが、僕の率直な感想だった。それでも、クラブワールドカップによる来日という短期間のイベント一つのために、わざわざ日本語公式サイトまで用意するという姿勢に、サントスＦＣというクラブの哲学を感じるところもあって、そこにはとにかく好感しか抱かなかった。だからこそ余計に、もったいないという印象が強くなってしまったのだ。

制作過程に日本語ネイティブの手が入っていないことは明らかだったあのサイトを、もしも今後も維持するつもりならば間違いなくあのままではいけないし、必ず日本語ネイティブの力が必要になる。しかも、ポルトガル語はわからなくても、英語版とスペイン語版を確認すれば、元のテキストをほぼ正確に確認することができる。

さらに、文学部生だった僕は、専攻の一環で翻訳を学んでいた。所属研究室の3人の教授全員が現役の文学翻訳家として超一流の方々だったこともあり、翻訳の技術や考え方を学べる授業が多かったのだ。

もちろん、学部生が少々かじったくらいで仕事のレベルになるほど、翻訳というのは甘くない。実際に先生方のもとで学んだのは翻訳の技能そのものより、むしろ、その奥深さのほうだったので、「専攻で文学翻訳を学んだから翻訳ができます」とは実際なかなか言えるものではなかった。しかし、このときは人生がかかっていたので、もはやそんなことにはかまっていられなかった。

こうして作戦の最初の手は決まった。この日本語公式サイトを突破口に、名門サントスFCに飛び込みで自分を売り込んでみることにしたのだった。

サントスFCで飛び込みプレゼン

舞台を記念館に戻そう。せっかくの卒業旅行ということで、クラブの偉大な歴史を伝えるトロフィーをはじめとした展示品の数々を、まずは普通に楽しんだ。ネイマールのコーナーもあった。

記念館といっても、そこまで大きいわけではなかったので、すべてを見てまわるのにそう長い時間はかからなかった。そこで、いったんひととおりまわった時点で、そこからは適当に展示から展示を行ったり来たりしながら、そこで働いているスタッフに話しかけるタイミングを探すことにした。幸い館内に客は多くなく、とくに忙しい雰囲気はなさそうだった。

通常、事前のアポがあろうとなかろうと、用事があってどこかの企業なり団体なりを訪ねた場合、まず、声をかける相手は受付担当か守衛さんだ。

でも、この両者に声をかけても、次に進める可能性はきわめて低いと思った。とくに、ブラジルにおける最大の人気産業であるサッカーの、しかも、名門中の名門であるサントスに飛び込むのだから、突然現れた謎の日本人の話なんかまともに取り合うわけがない。それに受付や守衛のポジションでは、アポなし訪問者を通過させる判断をする権限そのものを普通はもっていないし、むしろ、そういう訪問者に対する盾の役割を担っているともいえる。

そこで、少なくとももう少し内部で働いている人達、すなわち、記念館の案内スタッフに話を聞いてもらうことにしたのだ。

展示を見てまわっていた際、とくにフレンドリーな感じで声をかけてくれた男性スタッフに歩み寄り、ちょっと話を聞いてほしいんだけど、と声をかけた。

そして、自分の思いや考えを、とりあえず一生懸命伝えることにした。ジエゴという名の彼は、英語よりスペイン語が得意なようだったので、このときはスペイン語で話した。自分が日本から来たこと。昨年はサントスFCが来日してくれて嬉しかったことや、クラブワールドカップの決勝をスタジアムに観にいったこと。日本語の公式サイトが公開されたので嬉しく拝見したこと。ところが、残念ながら日本語の間違いが散見され、十分に役割を果たせていないこと。せっかくの素晴らしい取り組みがこのような状況になっているのはもったいないので、なるべく早く直したほうがよいこと。そして、自分にはそれができるので、クラブの担当者と話をさせてほしいということ。

フレンドリーな笑顔を湛えながら、僕の話を最後まで聞いてくれた彼は、理解も納得もしてくれた様子で、

「なるほど、わかった。ちょっと待ってて」

と言うと、その足でスタッフ用のパソコンが置かれた一角に向かった。しばらく待っていると、1枚のメモ用紙を片手に戻ってきて、それを僕に渡しながら言った。

「スタッフの名前とメールアドレスを渡すから、ここに連絡するといいよ」

僕はお礼とともに、そのメモを受け取った。彼の手書きの字で、確かに名前とメールアドレスが記してあった。その場でためらわず僕の話を聞いてくれて、すぐに行動まで起こしてくれて本当にありがたかったし、嬉しかった。

でも、ジエゴには申し訳ないのだけれど、このメモは僕が求めていたものではなかった。彼は最大限のことをしてくれたけれど、もらったアドレスにメールを送ったところで、返事がくる保証はまったくなかった。むしろ、期待できないといったほうがいい。メキシコに住んだ経験から、仕事に関連した用件であれ、概してメールの返信などがのんびりしている人が多いことは想像がついていた。まして、クラブワールドカップもすでに終わった

タイミングとなると、日本関連の案件の優先順位は高くなくて当然だ。何より僕には時間がなかった。

とはいえ、目の前の彼にさらなる負担を強いるのははばかられたので、あらためて丁重にお礼を伝えたうえで、彼のもとを離れた。

そのままもう少し館内を歩いていると、先ほどまでは姿の見えなかったスタッフが僕に話しかけてきた。曰く、スタジアム内を無料案内するツアーがあるけど参加しないかということだった。普通に興味があったので、そのまま案内してもらうことにした。

欧州系の顔立ちをした若い女性スタッフで、名前を聞いたらタバタと名乗った。

思わず日系人の「タバタ」さんかと思ったが、そうではなく、タバタはファーストネームだということだった。そういえば、以前、サントスの選手にホドリゴ・タバタっていう日系人がいたよね、といった話でそのまましばし盛り上がり、打ち解けた空気のなかでスタジアム内を案内してもらった。

やがて、観客席にたどり着いたところで、先ほどと同じ話を今度は彼女にも伝えた。

わざわざスタッフの連絡先まで渡してくれたジエゴに聞こえる場所で、また同じ内容を話すのははばかられたので、状況的にもありがたかった。それにこのタイミングでツアーに参加したのは僕だけで、すでにいろいろな話をして場も温まっていたので、自然な文脈で話をさせてもらうことができた。

さっきより話す時間もたくさんあったので、ネイマールが日本でも大人気であること、サントスがカズさんの古巣であることをもっと発信すべきであること、最初の日本人移民がブラジルに上陸した場所がサントスの海岸であったこと、長崎とサントスが姉妹都市関係であることなど、自分が考えてきたことをいろいろとくわしく話した。ちなみに、このときは英語だった。ありがたいことに、彼女もジエゴのように、こちらの話を真面目に最後まで聞いてくれた。

ひととおり僕が話し終え、やがて、ツアーも終わったタイミングで、彼女は、

「ちょっとそこで待ってて。中のスタッフに聞いてくるから」

そう言い残すと、そのままスタッフ専用の出入口のほうに駆けていった。少し離れた場所から様子を見ていると、はじめ、彼女は守衛さんに話しかけていた。すると、その守衛さんが持っていた無線機で誰かに何かを伝え、やがて、ポロシャツ姿の男性が中から出てくるのが見えた。

その男性に向かって、離れた僕から見てもすぐにわかるくらい一生懸命な様子でタバタ

が何かを説明する。

うなずきながら聞いている彼。やがて、彼女がこちらを振り返り、手を振って僕を招いた。ポロシャツの男性も、親しみやすそうな表情でこちらを見ていた。

「やあ！　サントスのためになる面白いアイデアがあるって？」

記憶が正しければ、それが、ブルーノが最初に僕にかけた言葉だったように思う。

「話を聞くよ！　中で話そう」

彼はそう言って警備スタッフに向かってうなずくと、そのまま僕をオフィスエリアに通してくれた。僕は、まさに願ったとおりの展開になったことに驚きつつ、まずは、タバタのほうを振り返ってお礼を言った。彼女は、

「Good luck !!」

という応援の言葉とともに、笑顔で僕を送り出してくれた。

突然の展開で、さすがにテンションが上がりすぎていたのかもしれない。階段を上がって受付を過ぎ、オフィスに通されるまでの間、けっこう早口で話をしてしまっていた僕に、ブルーノは、

「落ち着こう！」

そう言って、まず水を出してくれたので、お礼を言って一気に飲み干した。

記念館スタッフからの突然の訴えに耳を傾け、Tシャツ短パン姿の謎の日本人をオフィスに受け入れてくれたブルーノは、クラブのマーケティング部門で、おもにイベント関連の企画、運営を担っているスタッフということだった。

インドの国民的俳優アーミル・カーンにそっくりな顔をした男前だったが、まったくインド系ではないようだった。近くのデスクにいたナタリアという女性スタッフも一緒に、あらためて僕の話を聞いてくれることになった。ちなみに、彼女は東欧系だ。ブラジルではだいたいどこを訪ねても、このようにいろいろなルーツをもった人の集まりになる。

僕がこの日、3回目のプレゼントークを終えると、ずっと真剣な目つき、顔つきでうなずきながら聞いていたブルーノが、一言、

「わかった。とても良いアイデアだ」

とコメントした。そのまま隣のナタリアのほうに向き直ると、

「これ、アルナウドにもってったほうがいいな。間違いなく興味をもつだろう」

と確認するように言った。彼女もうなずきながら、

「たしかにアルナウドだね」

と応じる。どうやらアルナウドというのが、この突撃大作戦の成功を左右するキーマンの名前のようだった。

「そう、まさにアルナウドなんだ」

と、僕も思わず付け加えたいくらいだったが、ここは黙って彼らの言葉を待つことにした。すると、

「タカ、次はいつ来られる?」

とブルーノに聞かれた。どうやらアルナウドは席を外しているようだった。残念だ。

あいにく今回は時間がほとんどない旨を説明し、引き続き連絡を取りたいと伝えたうえで、2人の名刺をもらい、フェイスブック上でもつながった。

ブルーノ曰く、アルナウドが興味をもつはずだから、この話は普通に可能性があると思うとのことだった。ひとまず、この日到達しうるゴールにはたどり着いた様子だった。2人に丁寧にお礼を伝えて、その場を辞することにした。すると、ブルーノが、何かを思いついたようにデスクの奥に行くと、手に紙のような何かを持って戻ってきた。

「まだ、ブラジルにいるんだよな? よかったら試合を観にくるといい。招待するよ」

そう言って、2日後に開催されるサントスのホームゲームのチケットをプレゼントして

くれた。日程の都合上、観にいけるかどうかギリギリのスケジュールだったけれど、その旨も伝えたうえで、ありがたく頂戴することにした。結局、観にいくことはできなかったけれど、このチケットに関しては本拠地でサントスの試合が観られるかもしれない嬉しさ以上に、ブルーノの気持ちが嬉しかった。

スタジアムの外に出ると、最後にもう一度、記念館のほうに戻り、話を聞いてくれたタバタとジエゴにもあらためてお礼を言って、帰途に着いた。

帰り道の途中、行きのバスから見えたサントスの練習場にも立ち寄り、カズさんの姿が大きく描かれた壁画もこの目で見た。

まだJリーグもなかったころ、日本には存在しなかったプロサッカー選手という職に就くため15歳で単身ブラジルに渡り、あのペレが愛した名門でそのキャリアをスタートさせ、注目の集まるダービーでゴールを決めた日本人がいたという事実に、あらためて畏敬の念を覚えた。僕がサントスを訪ねた2012年は、ちょうどクラブ創設100周年の年だったが、これだけ歴史のあるクラブの練習場の限られたスペースに壁画まで残っているというのは只事ではない。

いつかカズさんにも会えたらいいなと思いながら、再びバスに乗ってサンパウロの宿に戻った。この5年後、ネイマールとの縁をきっかけに、本当にカズさんにも出会える日がくるのだが、このときの僕はまだそれを知らない。

名門クラブの広報担当に

こうして、移住に向けた仕事探しと調査を兼ねた約10日間のブラジル旅が終わった。ちょうど帰りの飛行機の乗り継ぎ待ちをしていたところ、滞在中に訪ねていたサンパウロの日本人学校からの正式な不採用通知も届いていた。

移住の道筋をつけるという旅の大目的を考えると、それはもう、見事なまでに失敗だった。仕事は決まらず、従来は容易だったはずのビザ取得のハードルも突然上がっていて、おまけに物価も想像以上に高かった。惨敗である。

信じて応援してくれていたパートナーに成果をもって帰れなかったことも申し訳なかったが、かといって、コントロールできない物事まで嘆いてもしかたがない。そんな暇があったら、ともかく前に進み続けるしかなかった。

2人で結婚後の進路を話し合ったとき、まず東京を出ることだけは決めていたうえで、候補として浮かんでいた行き先がブラジル、メキシコ、鳥取の3つだった。

このうちメキシコと鳥取に関しては、鳥取のほうがやや候補順位が高かった。

メキシコは2人が出会った場所だったので、そこに戻ることは一つの現実的な選択肢だったが、一方でそのメキシコが、結果的に彼女がうつ状態に陥った場所でもあった。現地での苦い挫折の記憶もまだ鮮明ななかで、彼女にとっては、昔からの憧れでもあった日本の田舎に住むことのほうが魅力的に感じられたようだった。そういうことなら鳥取も悪くないなと思い、僕も鳥取を候補に入れることにネガティブな気持ちはいっさいなかった。

8年間籍を置いていた大学もついに卒業し、ブラジル移住がうまくいかないなら、まずは鳥取で仕切り直しかなと頭を切り替え、いよいよその準備を具体的に進めようかと思っていた矢先の4月、突然、ブラジルのブルーノから丁寧なメッセージが届いた。僕が帰国直後に送っていたメッセージに対する返信だった。

あの日のサントスでは何かが始まる予感に高揚し、帰国後すぐに連絡をしたものの、結局、先方から音沙汰がなかったことで、そのまま話は流れたものと思っていた。

届いたメッセージを読んでみると、サントスFCのクラブ100周年記念行事の準備が忙しすぎて丁寧に返信する余裕がなかったけれど、引き続き君の提案には興味があるし、可能性もあると思うから、ぜひ、このまま連絡を取り合おうといった内容だった。

正直いって、嬉しさの前に、まずとても驚いた。

メキシコでの経験が頭にあったため、ベースとしては似通った文化を共有する同じラテンアメリカのブラジルから、いったん反応のなかったメールに1カ月近く経って、丁寧なお詫びとともに返信がくるなんて、ほとんど期待していなかったからだ。

たかがメールひとつ、しかも何かが決定したわけでも何でもなかったが、それでもほとんど奇跡でも起こったような気分だった。

この瞬間、すでに途切れかけていたかに見えていたブラジルとの縁が、その冒険の先に続く道が、再びつながる希望が感じられた。

これはブラジルに戻るしかない。直感的にそう確信し、すぐに航空便を調べた。

ただ、1カ月前にブラジルに飛んだばかりだったこともあり、学生時代のバイトで貯めていた貯金もすでにわずかになっていた。過去の経験から、滞在費をギリギリまで抑える術は身につけていたが、航空券代だけはネックだった。

それでも、ここで動くか動かないか、これをかたちにするかしないかでは、自分の人生の可能性が大きく変わってしまうであろうことは容易に想像がついた。

自分なりに長期的に考えた結果、本意ではなかったが父に相談し、旅費の一部をサポートしてもらうことにした。

地方の会社員だった父には、僕の学生生活が長引いたことで心配も負担もかけていたので、やはり、そこには後ろめたい気持ちも少なからずあった。

幸い国立大学ゆえに休学中の学費はかからず、メキシコ留学の費用は奨学金で賄えたけれど、それでも当初は4年で卒業する予定で入学していたことを考えれば、途中いろいろと揉めた時期はあっても、最終的に見守ってくれたことに深く感謝していた。

こうして、婚姻届提出から1週間も経たぬうちに、僕は再びブラジルへと旅立った。妻はいったん実家に戻り、生まれたばかりの甥っ子の世話を手伝って過ごすことになった。

結論からいえば、この二度目のブラジル訪問で、時のサントスFCコミュニケーション部門（広報部）トップにして噂のキーマン「アルナウド」との対面を果たし、彼のチームに採用されるかたちでサントスの一員として迎えられることになった。

初めてサントスを訪ねた日と同じあのプレゼンを行い、それを最後までじっと聞いていた彼は、こう口にした。

「We have to work together.（これは一緒に働くしかないね）」

少なくともひとつ、ブラジルで何かをつかんだ瞬間だった。冒頭で紹介したネイマールとの初対面は、この数日後の出来事だった。

ちなみに、移住計画に関しては、この2回目のブラジル訪問でも失敗に終わる。

アルナウドは、ビザ付きの正式雇用に関しては前例がないから難しいけれど頑張ってみるということで、チームの上層部に繰り返しかけ合ってくれたが、やはり、現実は厳しかった。彼自身は、クラブの国際化を志向する柔軟な思考と明確なビジョンの持ち主だったし、他部門のトップにも同じような考えの人はいたが、必ずしもクラブの誰もがそういう考え方をもっているわけではない。ビザに関しては、僕も僕で何とかしようとあらためて調査してみたが、やはり簡単に取得できる方法は見つからなかった。

そんななかで、アルナウドから提案されたのが、いまではコロナ禍ですっかり定着したリモートワークだった。

当時の僕はそんな言葉も知らないし、あくまでブラジルに留まることにこだわりがあったので、最初は心理的な抵抗があった。それでも冷静に考えたら、彼が言っていたように、自分達のビジョンを実現していくうえで必ずしもブラジルに留まっている必要はなかった。むしろ、日本にいるからこそできることもあるかもしれない。

サントスFCの仕事を断って別の方法でブラジル移住にこだわるか、あるいはブラジル移住は一度あきらめて、サントスの一員として働けるチャンスを選ぶか。現実的に考えても、将来につながる面白さで考えても、後者を選ぶべきなのは明らかだった。

それは、当初の計画から考えればたしかに不本意な展開ではあったけれど、僕よりはるかに広い視野をもっていたアルナウドの機転のお陰で、結果的に未来につながる一歩を、しかも故郷の鳥取で踏み出すことができたのだから、いまでも感謝している。

またしても移住の切符は持ち帰れなかったけれど、代わりに歴史あるサントスFCの一員として、気持ちも新たに日本に帰ってくることになったのだった。

第6章

鳥取で寺子屋づくり

テナント借りてみました

砂丘で有名な鳥取市を流れる千代《せんだい》川の下流域に、ステキな自家焙煎コーヒーのお店がある。店内で大型の焙煎機（ロースター）が稼働しており、豆の香りが漂うなか、温かみのあるアットホームな雰囲気で飲食を楽しめる。お洒落さと懐かしさが絶妙に同居した佇まいのその店の名前は、ズバリそのまま「TOTTORI COFFEE ROASTER」という。

この店の一角、カウンターから向かって出入り口左側の壁際の上方に目をやると、白いはずの天井がそこだけ一部、まばらに水色に塗られているのが確認できる。中途半端で隙間だらけの、実に粗雑な塗り方だ。この水色のペンキを塗った、というより塗ってしまったのが、何を隠そう、僕だ。まだこの場所がステキなカフェに生まれ変わる、少し前の出来事だ。

倉庫や作業場が立ち並ぶ、「商栄町」という商業団地の一角にそのテナントはあった。かつては周囲の建物と同じように問屋の倉庫だったこの空間は、一人の改革者の登場によって、個性的な店舗が並ぶユニークな商業施設へと変貌を遂げた。会社員生活のあと、世界放浪の旅人時代を経て家業に加わった問屋の長男ミッチーだ。彼自身もそのテナントの一角、裏手の目立たない側で約10年、知る人ぞ知る個性的なカフェを営んでいた。僕は学生時代、その店の常連だった。面白い仕掛けがたくさん施されたその店に夢中で通ううち、しだいに店主のミッチーと親しくなり、こう声をかけてもらった。

「いつかこのテナントのどこかを貸すから、何か面白いことをやってみたらいい」

それから数年後、彼は突然、「この店の役目は終わった」とかいってお店を閉めると、愛車を売って、代わりに大きな商業用ミシンを買ってきた。たしかに、少し前から「鞄をつくりたい」といって裁縫を始めていた。でも、まさかそんなかたちで実行するとは思っていなかったので、驚きのあまり思わず笑ってしまったのを覚えている。

しかもちょうど電撃的に結婚し、ほどなくしてお子さんを授かったばかりのタイミングだった。彼は、多くのファンに愛されたカフェの空間をあっさりとテナント貸ししてしまうと、今度は倉庫の表側に小さな工房のような空間を新たにこしらえて、そこでオーダーメイドの鞄屋さんを始めたのだった。

そんな鞄工房の隣は物置と通用口を兼ねた通路のような空間になっていて、その空間を挟んで次のテナントが、コーヒー職人の田中治《おさむ》さんの焙煎工房だった。

大学卒業から約1年、ブラジルのサッカークラブの仕事をリモートで行いつつ、地元の学習塾で働いていた僕は、塾の仕事を辞めて夫婦でブラジルにしばらく滞在し帰国したタイミングで、久しぶりにミッチーの鞄屋を訪ねていた。このときのちょっとした会話の流れがきっかけになって、この鞄屋さんとコーヒー焙煎所に挟まれた、通路と呼ぶにはやや広めの空間を、突如、テナントとして格安で貸してもらうことになったのだ。

ブラジルを訪ねたのは、サントスFCの仕事と1年遅れの新婚旅行と、あわよくば再びブラジル移住を試みようとしていたのが理由だったけれど、結局また移住に失敗して帰国したため、新たに仕事を探すかつくる必要があった。そこで、とりあえずミッチーからのありがたいオファーを受けることにしたのだった。

だから当然、借りたその空間で何をするかについては、まだいっさい決めていなかった。まさか何の計画もなく、いきなりテナントだけ借りるような日が自分の人生に訪れるとは思っていなかったが、借りてしまった以上は何かを始めなければいけなかった。

実はこのころ、母親の遺産の整理があり、思いがけず少々まとまった金額を相続することになった。結果、慎ましく暮らしてさえいればしばらくの間は食べていける状況にあったので、その間に何かに挑戦してみることにした。何であれ、事業を始めるとなると最初はお金にならないものなので、できるかぎり初期投資のかからないことをいまここで始めれば、やがて自立・独立してやっていけるんじゃないかという思いもあった。

そして何より、妻もまだまだうつ状態からの回復途上だったこともあり、夫婦で一緒にいられる時間をなるべく長くとれるという意味でも、テナントを借りて何かを始めてみるのは最適な選択肢のように思えた。いくつか候補を挙げて検討した結果、教育・学習関連の分野で何か始めてみるという結論に達した。高校卒業以来、つねに何らかのかたちで教育現場に携わってきていたし、とくに鳥取の教育については思うところも多かったので、やはり自分がここで何かやるならこの道しかないという気持ちだった。

リベラルアーツの学び場づくり

実は、高校卒業の時点では、将来は教師になろうと思っていた。

いつだったか、鳥取県の公立学校教員採用試験の応募可能年齢の上限が49歳に引き上げられたというニュースを目にしたことがきっかけで、自分も40歳を過ぎたら採用試験を受けて地元で教師になることを考えるようになっていた。それまでは、世界各国で働いて世界平和に貢献しながら見聞を広め、最終的にその経験を地元の高校生達に教師として伝えていくというのが、僕が描いていた人生の青写真だった。

当時、「世界のために働ける国際的な仕事」といえば国連職員くらいしか思いつかなかったので、国連職員になれる方法を調べた。すると、外務省に入れば国連に派遣してもらえて、そのまま国連に残れる道があるということを知った。それで田舎の素直な少年だった僕は、ひとまず外務省を目指し、そこから国連に行って世界各地で仕事をして、40歳になったら鳥取に戻って高校教師になり、定年後は塾を開いて近所の子ども達を教えよう、といったことを考えていたのだ。

結局、大学に入ると、外務省はじめ国家公務員への興味は早々に失い、「世界のために働ける国際的な仕事」が国連職員だけではないことも学習し、教職課程の授業内容のお粗末さに腹が立って教員免許も取得しなかった。それでも、教育の世界への関心と問題意識はずっと変わらず、とくに高校生に関わる活動は学生時代からずっと続けていたので、その想いだけは本物だったのだと思う。

そういうわけで2013年9月、思いがけず借りることになった倉庫テナントの一角で、ゼロからの学び場づくりが始まった。いろんなやり方があるなかで僕が選んだのは、まずは高校生を対象に、一般的な学習塾とは根本的に異なるコンセプトのもと、自由で楽しい、それでいて幅と深みのある知的成長を実感できる学び場をつくることだった。やや専門的にいうと「リベラルアーツの学び場」ということになる。

より具体的には、一般的な科目の勉強や大学受験のサポートも行いつつ、多様な出会いに出会える場にすることを重視した学び場をつくりたかった。とくに、本、映画、人との出会いだ。本や映画を通して多様な価値観や世界観にふれつつ、いろんな大人との出会いを通じて、複数のロールモデルを見つけられる場所にしたいと思っていた。理想をいえば、これらに加えて各地への旅の経験も積ませたいところだったが、さすがにこの段階ではまったく現実的ではなかったので、ひとまず僕自身が旅人としての姿や経験を伝えていくことにした。

さて、理念やビジョンをもって新たに学び場をスタートさせるのはいいが、生徒が一人もいないのでは話にならないし、何も始まらない。一風変わった学び場を急につくったとして、いわゆる普通の学校と普通の学習塾しか知らない鳥取の子達が、そんなところにわざわざ通うだろうかという問題もあった。それでも、「あの子達だけは迷わず来るかも」と自然と思い浮かんだ生徒が2人だけいた。先に軽くふれたとおり、僕はこの少し前まで縁あって鳥取市内の学習塾で働いていたのだが、2人ともそのときの教え子だった。僕がその塾を初めて訪ねたその同じタイミングで、ちょうど飛び込みで見学に来ていた子達でもあった。やはり最初から縁があったのかもしれない。

僕の母校でもあった地元の公立進学校に通っていて、その個性的なキャラクターはいずれもポテンシャル抜群ではあったものの、おそらく学校ではそれなりに浮いていそうな感じで、本人達やその同級生に確認しても、やはり浮いているとのことだった。僕から見ていても、このままいけば、とても魅力的な個性をもった大人になるか、逆に絶妙に中途半端でとても残念な感じの奴らになるか、まあどっちかだろうなという印象だった。

塾を退職してブラジルに渡ったあと、どの生徒のことも懐かしく思い出す日があったが、そのなかでも「あいつら大丈夫かな」という意味でとくに気になっていたのがこの2人だった。そろって独特なタイプのはみ出し者だったので、彼女達の本質を理解したうえで指導できる大人と、その後ちゃんと出会えているかが心配だったのだ。

結果的に、この2人が僕の新たな学び場における最初の生徒になった。

まだ僕がブラジルにいたある日、2人のうち一人がツイッター上で僕を発見したことで連絡がつながった。もう塾にも通わなくなってしまったということで、やがて帰国した僕が新たにテナントを借りて学び場を立ち上げると知るや、「絶対そこに行く」と言って、すぐに2人とも通ってくるようになった。

しかし人間、というより僕のことなのだけれど、懲りないもので、テナントを借り、すぐに運良く最初の生徒達も現れたこの状況で、実はまだブラジル移住への想いも完全には捨てきれないでいた。

そういう中途半端な意識もあったので、まだほとんど物置にしか見えなかったテナント内で最初に2人と話をしたときにも、「正直、いつまたブラジルに戻るかわからんから、それまでの間という条件でもよければ」みたいなことをぬかしていたのだった。

それでも彼女達は即座に目を輝かせ、「お願いします！」と言って、本当に毎日のようにやってくるようになった。学校からテナントまでの距離は決して短くはなかったが、暑い日も風の日も自転車を漕ぎ、橋を渡って川を越え、一生懸命に通ってくる姿を見ていたら、だんだん、もはやどう考えても僕を呼んでなんかいないブラジルを目指している場合じゃないように思えてきた。

むしろ、目の前で明らかに自分を必要としてくれている生徒の期待と信頼にしっかり応えることこそが、このときの自分に課されたミッションのように感じられた。

ようやく腹を決めた僕は、少なくとも2人の高校卒業までは必ず鳥取に留まってこの学び場を続け、最後まで面倒を見ることを彼女達に約束した。

学校でも塾でもない空間

こうして不思議な縁に恵まれて始まった学び場だが、「学習塾」と呼ぶのは全然しっくりこなかったので、とりあえず「寺子屋」と呼んでいたら、それがそのままこの場所の呼び名として定着した。

生徒は時間とともに少しずつ増えていった。高校生だけでなく、楽しく過ごしたい小学生から何かを新しく学びたい大人まで、さまざまな人が通う独特の場として育っていった。

ひとつひとつ進めていく空間づくりも楽しかった。

正面入り口の大きな鉄扉は、メキシコをイメージして真っピンクに塗った。かつて自分のカフェの空間を同じく手づくりしていたミッチーからケレンやマスキングといった塗装の基本を教わり、鉄骨の柱部分や室内の石膏ボードの壁面など、塗ったら面白そうなところにひとつひとつ色をつけていった。僕が作業をしていた日にタイミング良くやってきた生徒達には、一緒にケレンや塗装に加わってもらうこともあった。みんな大喜びで手伝ってくれた。天井にも水色のペンキを塗って青空みたいにしようと思ってやってみたが、これはすぐに手や首が痛くなって挫折した。

僕の前にしばらくこの空間を使っていた人が残していったという壁一面の本棚には、必要最低限の受験参考書はもちろん置いたけれど、各種言語のテキストや新書に学術本、図鑑やイラスト集や映画パンフレットなど、長かった学生生活の間に少しずつ買い集めていた本のなかから、なるべくジャンルが雑多になるように選んだものを並べていった。

もちろん文学作品も置いたし、漫画も置いたりした。ときどき模様替えのように本の順番を並べ替えたりもした。生徒達とは真ん中に置いた大きなテーブルを一緒に囲むようなかたちで座っていたのだけれど、僕は必ずこの本棚を背中にした席に着くようにしていた。

すべての出入り口を一度に見渡せるというのもあったけれど、それ以上に生徒が僕のほうを見ているときに、自然とさまざまな本の背表紙が目に入って、ある意味で気が散ることを望んでいたためだった。

それまでとくに気になっていなかった本が急に目にとまった経験のある方も多いと思うけれど、生徒達にもそういう瞬間をなるべく体験してほしいと思っていた。

本棚のすぐ下にはカウンターを設置し、そこには音楽CDを並べた。普通に生活していれば自然と耳に入ってくるような日本のポップスや有名な洋楽などは置かず、ここで聴かなければ出合うことがなさそうな各国の音楽や映画サントラを中心に、ジャケットのデザインがお洒落なものを選んでディスプレイのようにしていた。実際によく音楽もかけていた。一度、両隣のテナントがどちらもお休みだった日の夜に、高校生の生徒達と数時間、ひたすら各国の音楽を大音量で聴きまくるというのをやってみたこともあった。

ケトルとカップを置いて、お茶やココアを飲めるようにした。結婚当初よりも元気になり、週に3日ほど地元のチキン屋さんでスコーンをつくる仕事を始めていた妻が、仕事のない日は寺子屋に顔を出し、「カフェのお姉さん」的な立場で生徒に飲み物を出したりもしていた。洗い物は立場に関係なく、みんなで順番にやった。

ここまで読んできて、何となくカフェや喫茶店のような空間を想像されている方もいるかと思うけれど、僕がつくりたかった学びの空間のイメージの一つが、まさにその「カフェっぽい空間」だった(実際に二度、カフェと間違えて「お客さん」が入ってきたことがあった)。

多くの学習塾の教室というのは学校の教室を模したかたちになっていると思うが、そもそも学校にないものを求めて通うはずの場所が、学校とほとんど同じような環境だなんてナンセンスだと以前から感じていた。

それに勉強が好きな人も嫌いな人も、テスト期間や資格試験の前など、いよいよ机に向かう必要が出てくると、なぜか多くがカフェに向かう。それなら、最初から教室そのものをカフェみたいな空間にしてしまえばいいと考え、「学校の教室」を想起させるような机やら椅子やら教壇やらは、意図的に空間から排除することにしていた。

さまざまな本や音楽CDのほか、映画のポスターを壁や扉に貼ったものも、いわゆるカフェっぽくすると当時に、学校っぽくなくするためだった。一般に学校の教室には、勉学に直接関係のないものは排除するベクトルが強く働いている。そうすることで、得られるものもあるかもしれないが、個人的にはむしろ、失われるもののほうが大きいと感じていた。だから寺子屋の空間では、できるかぎり色彩豊かな内装にして、アートの要素をそこかしこに散りばめることを意識していた。そういえばピアノも置いていた。

映画といえば、ポスターを貼るだけでなく、実際にみんなで映画を観た日もあった。最初の生徒だった2人の少女達が高校3年生で迎えた夏休みの終わりごろ、あとから加わって一緒に通っていた他の高校3年生も一緒に、インド映画の「きっと、うまくいく」をプロジェクターに映して鑑賞した。全員がおおいに笑っておおいに泣いて、鑑賞後は熱く感想を語り合った。ほかにも、生徒のそのときどきの状況や必要性、関心などに合わせて、いろんな本や映画を紹介したりしていた。

ほかにも学校や塾との違いを明確にした部分として、寺子屋の空間内には時計をひとつも置かなかった。学時代の恩師である小松先生が、あるとき冗談で「定刻主義」という言葉を使ったことがあったのだけれど、これはなかなか含蓄のある言葉だと思って個人的に印象に残っていた。

生徒達には良い意味で時間を忘れて過ごしてもらいたかったので、毎回、それぞれの帰りの時間だけおたがいに把握したうえで、なるべく時計を見ずに過ごしてもらうようにしていた。最初にテナントを借りた時点で、古い振り子時計が動きを止めたまま壁に残されていたので、その時計だけは針を2時46分に固定して残しておいた。ちょうど僕が自分の席に着いたときに正面に見える位置だった。

結局、この時計の針に気づいた人は生徒も保護者も来客も含めて一人も現れなかったけれど、ふとした瞬間にその時刻が目に入る環境にしておいたことは、少なくとも僕にとっては意味のあることだった。

仕事と仕事を交換する

こうしてひとつひとつ、手づくりで空間をこしらえていったのだけれど、同時に手づくりの限界というものもあった。借りていた空間がもともと通路として使われていたというのはすでに書いたとおりだが、具体的には、この倉庫テナントの表側から裏側に抜ける通路という意味だ。

正面の鉄扉を開けて寺子屋に入ると右側には壁があって、その向こうでミッチーが鞄をつくっている。左側にも壁があって、その向こうでは田中さんが珈琲を焙煎している。つまり正面と左右には壁があった。問題は奥で、面積的には左側3分の1しか壁がなかった。残りの3分の2のスペースには壁代わりの大きく厚いビニールカーテンが垂れ下がっていて、それをマグネットで左側の壁に固定して何とか風を凌ぐような格好になっていたのだ。そんな環境なので、倉庫内に住み着いていた猫のターちゃんが、よくこちらに遊びにきていた。

寺子屋を始めたばかりの9月はまだ暖かかったので何の問題もなかったが、やがて秋が深まり、冬が近づいてくると、エアコンや石油ストーブを焚いても追いつかなくなってきた。繰り返すが、壁がないのだから当たり前だ。

とはいえ、このときは事業開始当初で、ちょっとした蓄えを切り崩して慎ましく暮らしながら、地道に仕事をつくりだしていた時期だ。業者さんに本格的な内装を頼める余裕などとてもなかった。するとその様子を隣で見ていたミッチーが、「ホンマに相談してみんさい」と助言をくれた。曰く、

「お金が払えん部分は何かと交換したらいい。あいつなら聞いてくれる」

ということだった。「ホンマ」というのは、家具職人兼店舗デザイナーとして地元で活躍していた本間公《あきら》さんのことだ。ミッチーがカフェをしていたころ、常連同士として僕も

親しくさせてもらっていた。

このしばらくあと、壁のなかった正面奥にも壁と扉が付き、裸電球1本だけの薄暗い照明も明るいデザイナーズ照明に代わり、壁の大きな本棚の下には調光型のテープライトも取り付けられた。

さらには、地元のボウリング場の使われなくなったレーンをそのまま素材にしてつくられた、めちゃくちゃかっこいいオリジナルのテーブルまで用意していただいた。本間さんの3人の息子達のうち、すでに小学生だった2人を1年間、毎週土曜日に寺子屋で預かるのと交換だった。しかもこのとき、本間さんは、

「寒いだろうから、とりあえず先につくるわ」

と言って、条件に関する話を後まわしにして工事を行ってくれた。

その後、体験にやってきた彼の息子達がすぐに気に入ってくれて生徒に加わるのだけれど、なんと本間さんは、「良い活動だから応援したい」と言って、工事代を請求せずに月謝を払おうとしてきた。さすがにそれはありえない、月謝も受け取れないと伝えたところ、前述の「交換」で話がまとまったのだった。こちらは正直、助けていただいたという気持ちのほうが強かった。その本間さんと似た者同士のミッチーがのちに、

「鳥取みたいなところで若いもんが面白いこと始めようとしたって、最初は絶対お金にならんのよ。そこは大人がサポートせんといけんのよ」
と話していたのを聞いたことがある。彼らは故郷の鳥取を愛しており、その鳥取で何か価値ある挑戦を選ぼうとする若者に対し、助力を惜しまない人達だった。こういうかっこいい大人達に支えられて、僕は故郷で新たな一歩を踏み出すことができたのだ。

こうして小学生の愉快な本間兄弟も、寺子屋のメンバーに加わった。本間家は共働きで土曜日も仕事だったので、お昼も毎週、僕ら夫婦と一緒に食べた。小学生の授業は絵を描いたり探検したり本を読んだり、ときには虫眼鏡で葉っぱを燃やしてみたりと、中高生の生徒達のときとはまた別の楽しい時間になった。

テスト期間や受験期になると高校生も弁当を持って、土曜に朝からやってくることがあったので、そういう日は勉強の息抜きがてら小学生の相手もしてもらいつつ、みなで一緒にお昼を食べた。

学ぶとは出会うこと

そんなふうに少しずつかたちになり、年代を問わず生徒が増えていった寺子屋だったが、出入りしていたのは必ずしも生徒だけではなかった。

僕の大学時代の友人や後輩が鳥取に遊びにきたときは、寺子屋の生徒達とも交流してもらい、なかにはそのまま通信でサポートを続けてくれた後輩もいた。

彼は医学部出身で、当時は研修医生活のまっただなかだったけれど、勤務地に戻ってからも生徒が数学で困っていたときによく力を貸してくれていた。絵描きやダンサーの友人が訪ねてきたときは、好奇心旺盛な高校生の男子生徒が、その場で参考書を閉じて人生初の油絵に挑戦したり、ブレイクダンスのヘッドスピンを習ったりしたこともあった。

また、こうした外部からのゲストだけでなく、両隣のテナント、つまり鞄屋さんと珈琲焙煎士さんとの交流も寺子屋の面白い特徴の一つだった。

片側からは鞄作りのハンマー音と素材の香り、もう片側からは焙煎機の動く音とコーヒー豆の香りが届いていたことで、寺子屋の空間にも自然と味わい深い趣が加わっていた。

それにもともと通路だったため、ミッチーも田中さんも、トイレや給湯室に行くときなどは寺子屋の中を通る必要があった。そんなとき、ミッチーはしばしば完成したばかりの作品を持って現れ、寺子屋のテーブルの真ん中に黙ってそれを置いてから奥へと消えていくことがあった。生徒達もそれを楽しみにしていて、毎回、歓声とともに作品を鑑賞するのがお決まりになっていった。やがて高校生の生徒達は全員、彼のところでペンケースをオーダーしてつくってもらった。

焙煎所の田中さんも、作業の合間にこちらにやってくると、隅っこに置いていたソファに腰掛けて休憩していくことがあった。生徒にも気さくに声をかけてくれて、とくに受験生には温かい励ましの言葉をかけてくださることが多かった。

ちなみに田中さんの焙煎所のもうひとつ隣は本間さんがデザインを手がけた美容室で、そのもうひとつ隣は美味しいスパイスカレー屋さんだった。

妻はこの美容室に通っていたし、カレー屋さんには僕ら夫婦はもちろん、生徒達もときどき食べにいっていた。また空きテナントの一角では、ミッチーやカレー屋さんが県外からアーティストを呼んでライブを行うこともあったので、生徒と一緒に客として聴きにいったこともあった。僕は「ジェイムス」というバンドがとくにお気に入りで、ギター&ボーカルの清水アッシさんの作詞作曲のセンスの虜になった。

生徒達には寺子屋を通じていろんな大人と出会い、いろんな生き方があることを肌で感じてほしかったので、周りのテナントのみなさんや、遊びに来てくれたみなさんにはいまでも感謝している。

実験的な要素の強いプロジェクトだったけれど、いざやってみたら僕自身もたくさん豊かな経験をさせてもらったし、自分が教育という分野においてもっていたビジョンの一部がかたちになったことで、未来へ向けての大切なヒントも得ることができた。

しかしながら、実際にこうして場を構えて真剣に人に関わることをやってみると、力不足を痛感する出来事や、己の限界を知る瞬間、まだまだ問題意識とビジョンばかりが先行していて事業を成すにはあまりに未熟だった自分の姿など、手痛いレッスンや失敗もたくさん経験することになった。

たとえば、不登校の生徒のサポートを請け負ったケースが何度かあったのだけれど、なかには保護者の方の要望に対して、どこまでは応じてどこからは応じるべきでないか、どこまでなら自分が責任を負えて、どこからは負うべきではないのかなど、頭を悩ませることも多かった。

また受験指導の場合でも、本人の進路希望と親御さんの考えにギャップがあって問題が起こるケースがあった。大変失礼ながら、親御さんご自身の人生における後悔や失敗体験が、わが子への理不尽かつ不合理な要求につながっているような例もあり、そういうときは親御さんの話も丁寧に伺いつつ、放っておくと壊れてしまいそうな生徒自身の心のケアにも必死になった。

これらはいずれも、教育の世界にいると、残念ながらまったく珍しくない事例ばかりだ。学生時代にさまざまなかたちで教育に携わっていたときも同じようなケースを何度も見たし、きっといまも全国各地で発生している問題だと思う。

それでも僕はまだ、自分のキャパシティの範囲内の限られた人数しか見ていなかったし、接している時間も限定的だった。毎日多くの生徒と長い時間を過ごす学校教員のみなさんの大変さは、ちょっと僕には想像もつかない。

学校の外で活動している人間として、間接的にでも学校の手助けになる何かができればいいなと考えたりもしていたけれど、当時の僕は、自分の目の前の生徒や保護者に向き合うだけでいっぱいいっぱいだった。

そんなこんなで、ほかにもここには書けないような難しいケース、深い後悔の残る出来事もいくつか経験して、現在の自分にはまだ、こうして場所を構えてやっていくだけの資格そのものがなかったんじゃないかと、真剣に反省する日も増えていった。

いつしか充実感と同じくらい、疲労やストレスも蓄積していた。それは多分に僕自身の経験不足や未熟さによるところもあったけれど、事実として疲れてしまっている以上、それはそれできちんと向き合い、対処しなければならない問題になっていった。

寺子屋を始めてしばらく経ったころ、最初の生徒だった2人と交わした約束を思い出した。そもそも高校生のための学び場をつくろうとまず考えたのは、自分が高校時代に欲しかった学び場を、当時の自分のような高校生達のために大人として用意したかったからでもあった。そして興味深いことに、この最初の生徒2人も、あとから加わったほかの高校生達も、それぞれが何かしら僕と似たところのある子ども達だった。

生徒の役に立てたと感じられる瞬間があったとき、自分自身の一部もまた、深いところで癒されていたように思う。寺子屋で迎える二度目の冬が厳しくなってきたころ、約束どおりこの高校3年生達の卒業まではやりきろう、そしてそれが終わったら一度また鳥取を離れ、どこかでゆっくり休みたいと考えるようになっていた。そんなときに僕の頭に浮かぶのは、なぜかやはりほかのどこでもなく、ブラジルだった。

こうして、冬の厳しさが増していくのと比例するように、寺子屋を一度完全に閉める意思を徐々に固めていった。

しかしながらその一方、毎回楽しみに通ってくれていたのは、必ずしも高校生の生徒達だけではなかった。

いつもは面倒くさがりなのに寺子屋にだけは楽しみに行くんです、と話してくれた小学生の保護者の方もいたし、大人の生徒さんのなかには何かを学ぶためというより、人生上の真剣な悩み事を抱え、カウンセリングのために通ってきている方もいた。

世代を問わずみなさんが気に入って、あるいは必要としてくださっているその場所を、運営者自身の都合で突然閉じてしまうことには、やはり少なからず葛藤もあった。

しかしそれでも、最後は閉じることを決断した。

楽しい時間もたくさんある一方で疲労が蓄積していたのは僕だけでなく、隣でいつもその様子を見守りつつ、寺子屋の運営も手伝ってくれていた妻も一緒だった。そんな彼女の姿を見て、あらためて己の姿も見て、まず自分達を大切にすべきだと判断することにしたのだった。

いざ決断を下すと、肩の荷が下りてスッキリする感覚と一緒に、やはりある種の寂しさもすぐに襲ってきた。2年にも満たない時間とはいえ、周囲の人達の助けも借りながら丁寧にひとつひとつつくってきた空間であったし、生徒達と過ごした時間はどれも濃密で、かけがえのないものだった。

それでも決めた以上は前に進むしかない。受験生を全力でサポートしつつほかの生徒達との時間も大切に過ごし、然るべきタイミングで個別に閉館の旨を伝えていく心の準備も進めていった。

そんななかでもひとつ、気がかりというか、どうなってしまうのだろうかとつい考えてしまうことがあった。それは、僕が去ったあとのこのテナントがどうなるのか、一体どんな人が何をする空間になるのだろうかということだった。

生徒達の心情を想像したとき、とくにもっとも頻繁に通って多くの時間を過ごしていた高校生達にとって、寺子屋がある種のホームであり、青春時代の特別な思い出の場所であることは疑いようがなかった。その場所がウソのように跡形もなくなり、まったく知らない人がまったく別の事業を行う空間に変わってしまったら、それはなかなか寂しいだろうなと思った。

でも、それはあくまで大家さんが考えることであって、出ていく僕があれこれ悩むことではないし、そんな資格もない。それでも気持ちとしては、何だか生徒達に申し訳ないなあ、何の店でもいいけど気軽に出入りできるような、良い感じの場所になったらいいなあ、などとつい考えてしまうのを止めることができなかった。

隣の田中さんの焙煎所に貼ってあった1枚の写真を思い出したのは、そんな最中のことだった。それは、とある海外のカフェを写したもので、大きな店の真ん中に本格的なコーヒー焙煎機があり、それを囲むようにして並ぶテーブルでお客さんが飲食を楽しんでいるというものだった。何かの用事でたまたま焙煎所を訪ねたときに見つけて、気になったので尋ねてみたところ、「いつかどこか広いところで、カフェと焙煎所が一体になったような店をやってみたいんよ」と目を輝かせて語ってくれたのだ。

田中さんが語っていたこの夢が、突然、寺子屋テナントの新たな可能性として僕のなかで光をもった。

「寺子屋が抜けたあとに田中さんがここを使って店をやってくれたら、いつでも生徒達が帰ってこられる！」

同時に、もうひとつの可能性にも気がついた。

「ていうか、俺がここを出れば田中さんの夢、ちょっと叶うんじゃゃん」

実に勝手な思いつきだったが、想像するだけでワクワクした。夜の時間帯に寺子屋で過ごすことが多かった高校生達は、仕事の合間にこちらにやってきてソファで休憩する田中さんと何度も話したことがあった。

大人としての格好良さと子どものような無邪気さが絶妙にブレンドされた彼の人柄に魅了されて、みんな彼のファンになっていた。全力で焙煎機に向き合いながら、自身は自動販売機で買った缶コーヒーを普通に飲んでいる姿も最高にイケていた。

その田中さんが寺子屋の場所を受け継いでカフェをやってくださるなら、それこそ夢のような話だと思った。とはいえ、こればっかりは僕が一人で突っ走ってよい類の話ではない。そもそも、田中さんがいま、このタイミングで店をやりたいと思っているかどうかわからないし、仮に思っていたとしても、もっと別の広くて大きな場所を考えている可能性だって十分にあった。

どのみち僕があれこれ考えて答えが出るような話でもなかったので、早速、田中さん本人に聞いてみることにした。でも、その前にまず大家さんのミッチーのところに行って、もし、田中さんがここでお店をやるってなったらどう思うかを率直に尋ねてみた。すると、「ああ、いいんじゃない？　お客さん来ると思うで。この辺で働いとる人らも持ち帰りのコーヒーとか買いにくるだろうし」

というのが答えだった。ついでに、このテナントの一角で問屋業を続けていたミッチーの親父さんや、経理担当をしていたお母さんにも「カフェができたらどうか」のアンケートを行った。2人とも「いいねえ！」というきわめて前向きな回答をくださった。

大家さんファミリーへのアンケート結果が良好だったことで、田中さんに提案する資格を得たと判断した僕は、今度は田中さんのところを訪ねて、おもむろにこちらの思いつきを切り出した。寺子屋を閉めてテナントから出ようとしていることをまず伝え、そのうえで、もし、田中さんが寺子屋の空間を引き継いでくださったら嬉しいということ、そこであの写真にあったような店をもし開いてくれたら、生徒達にとっても喜ばしいことになるという僕の思いを率直に伝えた。

店を出すというのは、ただでさえ大変なことだ。まして飲食店となるとなおさらだ。田中さん自身だけでなく、ご家族の生活も変わってしまうかもしれない。だから、あくまで「そうなったら嬉しいです」以上のことは言えなかった。

田中さんのリアクションはどうだったかというと、「そうかあ、やめちゃうんか。寺子屋、俺も好きだったけどな。寂しくなるなあ」と、まず真っ先に、僕が寺子屋を閉めて出ていくことを惜しんでくださった。テナントの申し出についても、「なるほど。うん、わかった！　ちょっと考えてみるわ。わざわざありがとう！」と、やはりいつもの屈託のない爽やかな表情で受け止めてくださった。こちらの身勝手で差し出がましい申し出に対して、この懐の深さだった。

その後は、僕も寺子屋での仕事に専念し、通ってくる生徒や保護者のみなさんに順番に決断を伝えていった。「このあとは何をされるんですか？」というのはやはり尋ねられたので、ひとまず夫婦でブラジルに行きます、と答えた。内装と家具を提供してくださった本間さんにも伝えた。ちょうど春から小学生になるいちばん下の子が寺子屋に入るのを心待ちにしていたことを知り、これが最大の心残りになった。

やがて高校3年生の大学受験も終わり、ついに卒業のときを迎えた。最初の2人の生徒達との約束の日を迎えた瞬間でもあった。

卒業生を見送ったあと、徐々にテナントを片付けた。何人かの生徒や保護者も手伝いにきてくれて、思い出話をしながら一緒に作業をした。色とりどりの折り紙で生徒達と一緒につくった、壁の大きな木の貼り絵も剝がした。同じく壁の大きな本棚も取り外して解体し、寺子屋の象徴的存在だった中央のテーブルと一緒に実家の納屋に運んだ。教育事業そのものを完全にやめてしまうことまでは考えていなかったので、一定期間の充電を行って、また意欲やビジョンが見えてきたら、どこかで何らかのかたちでまたやりたいと思っていた。

年度をまたいだ4月中にすべての片付けを終えてテナントを引き払い、迎えた5月、僕は妻と一緒に再びブラジルへと旅立った。僕にとって四度目、妻にとっては二度目のブラジルだった。これまでどおり、チャンスがあればそのまま移住する考えももっていた。

空っぽになったかつての寺子屋と焙煎所を隔てていた壁がやがて取り払われ、それまでより広くなったスペースがカフェ併設型の焙煎所に生まれ変わるのは、それから約1年後のことだった。店内で使われている椅子や照明の多くは、寺子屋で使われていたのと同じものだ。天井にプロペラファンが回っているのも同じだ。

僕が塗装に失敗した水色のペンキもそのまま天井の片隅に残っている。教え子達が客として店を訪ねると、笑顔の田中さんが爽やかに迎えてくれる。いまは故郷を離れて暮らす僕と家族にとっても、その場所は変わらずホームであり続けている。

第7章

ブラジルがくれたもの

電話一本でブラジル人選手と韓国へ

2017年5月30日午後。僕は成田空港へと向かう、あまり見たことのない高級車の助手席にいた。隣で運転しているのは、イタリアの腕時計ブランド「ガガミラノ」を一躍有名ブランドに育て上げた経営者、ケンジさんだ。FCバルセロナでの激動のシーズンを終え、スポンサーイベント出席のため来日するネイマールを迎えにいくところだった。車内では、ケンジさんが彼らを迎えるために各車両にセットしていた、流行りのブラジル音楽のプレイリストが大音量で流れていた。

僕の役割はアテンド通訳として、滞在中のネイマールとその一行をサポートすることだった。空港に到着し、ロビーで彼らと合流すると、スーツ姿で無線を持った広告代理店の人達の助けも借りながら出口まで案内する。

ネイマールのお父さん（名前は同じくネイマールさん）や専属のスタッフ、そして彼の昔からの友人達など、お馴染みの顔が並んでいた。そのうちの何人かと笑顔で再会の挨拶を交わしたあと、それぞれの車に分かれ、東京都内のイベント会場へと向かった。サントスからバルセロナへと移籍し、メッシをはじめとする偉大なチームメイト達とともに欧州王者と世界王者に輝いたネイマールは、もはや世界的なスーパースターになっていた。

都内の目的地に着くと、こちらの想像をはるかに上回る数の人達が殺到しており、ほとんどパニック状態になっていたのが何よりの証拠だった。あまりの状況に急遽イベントの一部が中止となったほどだ。地球の反対側の日本でもここまでの喧騒を引き起こすなんて、いったいどんな星の下に生まれたらこんな特殊な人生になるのだろうと、これまで彼が見てきた風景を思わず想像した。

セキュリティの人達に守られながら何とか車を降りて建物内にたどり着くと、ネイマール親子と一緒にエレベーターに乗り、雑談を交わしながら最初の仕事に入っていった。

この日から約2年前。最初の生徒達を無事に卒業させたタイミングで寺子屋を閉め、夫婦で再びブラジルに旅立った僕らは、現地の親しい友人フェリペとその家族が暮らす家に居候させてもらい、静かに過ごしつつ、日本での生活で蓄積していたストレスからの回復に努めた。

それと並行して、僕は今度こそ移住を実現するべくチャンスを探った。実に四度目の挑戦だった。そして再び、失敗に終わった。

毎回それなりに惜しい感じのところまではいくのだけれど、通算成績は実に4戦4敗だ。もはやブラジルが僕の移住を望んでいないことはほぼ明らかだった。それでも「ほぼ」と思っていたところに、あきらめの悪さが漂っている。しかし、無謀な挑戦でも続けていると面白いことが起こるもので、やがて少しずつ、日本にいたままブラジルとつながる機会が仕事でもプライベートでも増えていったのだ。

こちらが一方的にブラジルに向かっていた時期を経て、少しずつ向こうも振り向いてくれるようになったのかもしれない。そんな新しい流れのなかで、ついにはネイマールとも日本で再会し、アテンド通訳として彼をサポートする機会にも恵まれたのだった。最初にネイマールをYouTubeで観た日から6年後のことだった。この通訳の仕事のあとも、来日したブラジル人選手のアテンドやサポートを行ったり、逆に、現地コーディネイター兼通訳として日本企業の依頼を受けてブラジルに渡ったりと、時間をかけてさらにブラジルとの縁は深まり、それに合わせて僕の人生の景色も変わっていった。

ブラジルのほうから僕に振り向いてくれた最初の出来事は、意外にも地元のJリーグクラブ、ガイナーレ鳥取がきっかけで起こった。

すでに寺子屋教師として鳥取で生活していたときのことだ。

リモートで行っていたサントスの仕事は、直属のボスだったアルナウドが体調不良でクラブを辞したタイミングで僕も一区切りになっていたので、このときの僕は、もはやブラジルにもサッカーにも直接関わることのない日々を送っていた。

いつものように最後の生徒を見送り、片付けをして、そのまま少しだけ一人の時間を過ごして帰宅しようとしていたときだった。

以前、サントスの仕事で一度だけご一緒したことのあった日本人の方から、おそらくそのとき以来の電話が突然かかってきた。横浜で少年サッカー関係の会社を経営していて、ご自身もかつてブラジルでサッカーをしていた経験のある方だった。

何だろう？　と思いながら電話に出る。「ご無沙汰してます、お元気ですか？」といった挨拶をひとまずお互いに交わしたあと、電話の相手は僕が当時と変わらず鳥取に住んでいることを確認したうえで、こう切り出した。

「サカモトさん、本当に突然、大変申し訳ないお願いをするんですけど……ほかにご相談できそうな人がもう見つからなくて……」

「え？　あ、はい、何でしょうか？」

「本当に急で申し訳ないご相談なんですけど……明日、ブラジル人の選手と一緒に韓国に行ってきてもらえないでしょうか？」

思わず時計を確認した。すでに夜の10時を過ぎていた。いまから？　明日？　ブラジル人選手？　韓国？　さすがに、ちょっと何を言っているのかわからなかった。そこでまず、基本的なことから確認することにした。

「あの、変なことをお伺いするんですが、いまお酒は飲んでらっしゃいますか？」

即答で素面《しらふ》だと返ってきた。どうやら真剣な相談のようだった。

しばらくして電話を切ったあと、翌日に寺子屋に来る予定だった生徒達に連絡を入れた。夜分の急な連絡を詫びたうえで、「ブラジル人のサッカー選手と一緒に韓国に行くことになったので、明日と明後日はお休みにします」と伝えた。

翌日、僕が住んでいた鳥取市から約90キロメートル離れた米子市のホテルで、193センチメートルの長身にスキンヘッドのブラジル人選手、ハマゾッチと対面した。

前夜の電話の相手の説明によると、彼らは少し前にサッカー選手の代理人業をスタートさせており、その最初のクライアントになったのが、僕の目の前にいるハマゾッチで、加入先のチームが僕の地元のガイナーレ鳥取だということだった。ところが手続き上の手違いにより、いったん日本を出て海外の日本領事館に出向く必要が生じてしまったため、いちばん近い韓国の領事館に行ってもらうことになったのだという。

そうなると誰かが彼にアテンドする必要があるが、言葉の問題を含めて代理人側にもクラブ側にもすぐに動ける人が見つからなかったため、藁にもすがる思いで僕に連絡してきたということだった。ツッコミどころを探せばキリのない話だったが、初めて挑戦する仕事で何らかのミスが起こるというのは珍しいことではない。依頼された内容は面白そうだったし、ブラジルの人に会えるのも韓国に行けるのも嬉しかったので、あまり迷わず引き受けることにした。寺子屋の生徒達にも楽しい土産話ができそうだった。

しかし、選手にしてみればこの状況、たまったものではない。不慣れな日本に初めてやってきたと思ったら、自分の責任ではない手違いで、ただ領事館を訪ねるためだけに今度は韓国に行かされるというのだ。ホテルで僕と初めて会ったときの怪訝そうな顔が、彼の心境を雄弁に物語っていた。

それでも、僕と彼が打ち解けるまでにほとんど時間はかからなかった。というのもブラジルの彼の実家が、ちょうど僕が1年前にホームステイしていた友人宅のすぐ近所だったからだ。周辺の風景が手に取るようにわかったので、当地の飲食店などローカルトークに花が咲いて、あっという間に親しくなった。ちなみに、ブラジルの国土面積は日本の約23倍だ。移住作戦は毎回失敗に終わる僕だったが、逆に地元にブラジル人を迎えたこのときは、何だか不思議な運が味方していたようだった。

この突然の出張がきっかけで、今度はクラブ側、すなわちガイナーレから通訳のオファーを受けることになった。韓国滞在中、ストレスと不信感から契約破棄してブラジルに帰ると言い出したハマゾッチをなだめ、その場をうまく収めたことなど、旅の間の対応を評価してくださったとのことだった。

こうして、あまりに唐突な電話からの衝撃的な無茶振りを発端に、思いがけず再びブラジルに、そしてサッカーにも深く関わることになった。

ハマゾッチはもちろん、ほぼ時を同じくしてガイナーレに加入していたフェルナンジーニョとも親しくなり、それぞれと家族ぐるみで付き合うようになった。また、彼らのチームメイトで、選手生活の合間に独学でポルトガル語を話せるようになった戸川健太さんとも親しくなった。図らずして、鳥取に生まれた〝小さなブラジル〟の一員になった瞬間だった。このときを境に、僕の人生や生活におけるブラジル度は再び高まっていくことになるのだった。

地元にJリーグクラブがあるということ

少し話はそれるが、「地元にJリーグクラブがある」というのはつくづくありがたいことだと感じている。鳥取出身の僕の場合ならガイナーレ鳥取ということになるけれど、僕の人生はこのガイナーレによって、何度か大切な縁をつないでもらっている。

1つ目は、いま書いてきたように、ブラジルとの関係だ。ネイマールをきっかけに勢いで現地に飛び込み、その1年後に行った新婚旅行でもブラジルを訪ねていたものの、その縁は一度途切れていた。ガイナーレの存在がなかったら、あの電話が僕にかかってくることもなかったことになるので、本当にありがたかった。

2つ目は父との関係だ。大学4年目の終わりに母が病気で亡くなると、必然的に父と過ごす時間が増えた。また、年齢的に将来の仕事をより真剣に考えていたタイミングだったこともあり、自分の仕事を愛していた父という人間を知ることにも興味が出てきていた。そのときに僕らの関係を自然と深めてくれたのも、ガイナーレという存在だった。

地元のテレビ局で長年働いていた父は、ガイナーレの試合の中継が行われる際にディレクターを務めることが多かった。つまり、その中継をテレビで観ることは、同時に父の仕事を観ることでもあった。父の帰宅後、一緒に食事をしたり温泉に行ったりするなかで、ガイナーレの試合内容や成績の話に始まって、中継の仕事の中身や考え方についてもいろいろと質問するようになった。父は仕事柄、どちらかというと社交的で知り合いも多いほうだったが、もともと家族の前ではそこまで饒舌《じょうぜつ》だったわけでもなく、それ以前にとにかく仕事が忙しかったこともあって、母が体調を崩す以前には、そこまで親しく多くの話をしていた記憶はない。そういう間柄だったからこそ、ガイナーレという存在が、僕らをつなぐ「かすがい」として機能してくれたところがあった。

最後に3つ目。息子と生まれ故郷との関係だ。鳥取で生まれて約3年を過ごしたあと、家族で移住した先の浦和で育っている息子にとって、テレビ画面越しに応援するガイナーレ鳥取は、生まれ故郷を象徴する存在だ。実況によって鳥取の名が連呼され、そのチームに肩入れして応援することは、彼のなかでの鳥取の存在感を守るのに一役買ってくれている。子どもサイズのユニフォームを着ることも同じくだ。とくに、全国レベルで話題になることが少ない鳥取のような土地の出身だと、毎週のガイナーレの試合というのは、遠方から地元との関わりをもてる貴重な機会だ。

ここ最近は、ついに日本代表と浦和レッズに心を奪われ始めているが、引き続きガイナーレのことも大切には感じているらしい。あとはそのガイナーレ自身の躍進によって、再び彼の心を奪い返してくれることを願っている。

妻を救ってくれたブラジル

再びブラジルに話を戻そう。結局、あんなに頑張ったにもかかわらず、現在に至るまで移住は実現していないが、それもいまとなってはほとんど笑いのネタのようなもので、実のところまったく気にしていない。むしろ、貴重な失敗を重ねたという意味で、一周まわって成功体験みたいな感覚になっている。というのも、あのブラジルという独特の魅力を放つ不思議な国との行き来を繰り返すなかで、結果的にもう十分すぎるくらいの豊かな経験をさせてもらったからだ。多くの大切な出会いにも恵まれた。

結局、ブラジル移住というのは、当時の僕が間違いなく望んでいた未来ではあったものの、必ずしも本質的に必要なものではなかったのだと思う。そして、そもそも本当に必要としていたものは、もうすでにここにある。

最初にブラジルを目指したタイミングで、自分のその行動の源泉を分析的に掘り下げたときのことは第4章に書いたとおりだ。あのとき浮かび上がってきた理由と目的は、書かなかったものも含めると5つほどあったのだが、実はもうすべて達成されている。

なかでもいちばん重要だったもの。すなわち妻のことだ。メキシコと日本の血を半分ずつ引いて生まれ、根が生真面目で人目を引くのを好まない性格なのに好奇の視線を浴びて育ち、その結果、日本でもメキシコでも自らを一種の異物のように感じてしまっていた彼女は、結婚から1年遅れの新婚旅行というかたちでブラジルを初訪問したそのとき、生まれて初めて、どこを歩いても誰からの視線も感じず、それどころか毎回、当たり前のように地元の人と間違えられるという状況を経験することになった。

ホテルで朝食をとっていたとき、隣のテーブルにいたブラジル人のおじさんが「君は日本人か?」と僕に聞いてきた（いま思うと「日系人か?」という意味だったかもしれない）。面白かったのは、そして嬉しかったのは、直後に彼が妻に対して「君はブラジル人だよね」と、普通に事実を確認するような雰囲気で言ったことだ。滞在中、こういう場面が何度もあった。

現地で通りを散歩していたとき、妻が「こんなの初めて。本当に楽」と、驚きを隠せないような目をして嬉しそうに言った瞬間のことは、いまでも鮮明に覚えている。

ところで、「人の視線が気になる」と言って悩む人がいると、「ただの『自意識過剰』なんじゃないか」と指摘する人がいる。

それに対して思うのだが、そもそも赤の他人から間近で無遠慮にジロジロ見られたり、露骨に二度見されたり、視線を感じたほうを向いたらパッと目をそらされたりするといった経験を幾度となく繰り返せば、むしろ自意識過剰になって当然だろう。

それでいて、妻も含めた少なくないハーフの人達のように、自分の見た目が周囲と異なることが明らかな場合、どうしてもその外見を過剰に意識せざるをえなくなる。つまり、一定数の人々は本人の責任でなく周囲の視線によって自意識過剰な状態に追い込まれてしまうのであり、そこにこそ問題の本質があるのだといえる。

いずれにしても、妻はブラジルに来て初めて、いっさいの余計な緊張から解放されて街を歩きまわり、それまでの人生でほとんど味わってこなかった自由な空気を吸った。誰かと会っても、日本やメキシコにいるときと違い、ルーツに関する好奇の質問自体を受けるともなく、その存在と名前だけで自然にコミュニケーションが始まっていったことは、彼女の気をずいぶんと楽にさせていたようだった。

そういうわけで、寺子屋時代を挟んでの二度のブラジル滞在は、妻にとって、ちょっとした特効薬の一つになったようだった。僕がかつてメキシコで経験したように、妻もブラジルでの愛情深い人達との出会いのなかでたくさん認められ、励まされ、抱きしめられ、感情のままに泣いたり笑ったりする時間をたくさん過ごした。

数カ月を過ごした二度目のブラジル滞在がほとんど終わりに近づいたころ、滞在中にいちばんお世話になったフェリペ一家を挨拶に訪ねたあとの高速バスの車内で、

「いまなら私、赤ちゃんを授かっても大丈夫かもしれない」

と妻が言った。奇跡が起こった瞬間だった。

初めて出会ったメキシコ留学中からうつ状態に陥っていた彼女は、結婚後もずっと自分自身とうまく付き合えず苦しんでいた。いくつかの直接的なトラウマを含む複数の要因があったと思うが、目が覚めてもまったく起き上がれなかったり、突然、情緒不安定になったり、人が怖くなったりということが、結婚してからも続いていた。当時は弱っている彼女を支える立場だった僕も、自分自身が未熟なうえにまだまだいろいろ追いついていないなか

ったので、残念ながら夫婦喧嘩もたくさんして、離婚の危機も幾度かあった。

そんな状態だったので、なかなか親になる準備ができているとは思えないまま、2人だけの人生を過ごしていた。もちろん、究極的には親になる準備など永遠にできないであろうことはわかっていたが、それでも現実として、当時の僕達には最低限の基本的な前提すら整っていないことは明らかだった。そんな妻が数カ月のブラジル滞在(正確には、途中で2週間パラグアイにも行った)を経て、初めて「親になっても大丈夫かもしれない」と言えるところまで回復したのだ。僕がブラジルから、すなわちブラジルで出会ったたくさんの人達から受け取ったなかで、これこそが最大の贈り物だった。

街で一瞬言葉を交わしただけの人達から、家にまで受け入れてガッツリ面倒を見てくれた人達まで、関係の濃淡はあれど、すべての瞬間が積み重なった結果として、ひとつの奇跡が起こった。かの地で出会い、言葉を交わしたすべての人達に対する、この感謝の気持ちは永遠だ。


ところで、最初に夫婦でブラジルを訪ねたとき、新婚旅行のメインイベントと妻の心の回復を兼ねる目的で、現地で開催されたサッカーの日本代表対メキシコ代表戦を一緒に観にいった日があった。

日本で生まれ育った妻は、いわゆるハーフといってもベースとしては日本人の感覚で生きていて、やたらと辛いものを食べることを除けば、普段の生活でメキシコ人ぶりを発揮することは少なかった。ただし、サッカーに関してだけは、明らかに日本よりメキシコの応援に熱が入っていた。２００2年のワールドカップでメキシコ代表戦を現地観戦したことがどこまで関係しているのかはわからなかったが、のちに僕らの息子がガイナーレを通じて鳥取とつながったように、妻はメキシコ代表を通じてもうひとつの母国とつながっているようだった。

そうした背景もあったので、日本とメキシコの対戦がほかならぬブラジルで実現すると知った瞬間、これは絶対に行かねばならないと確信し、さまざまな余裕がなくて後まわしになっていた新婚旅行の目的地に定めたのだった。

試合当日、夫婦そろってメキシコ代表のユニフォームにジーパンという出で立ちで、同じく2人そろってメキシコ代表のジャージを羽織り、スタジアムへ出かけた。

地図を見ながらバスに乗ると、たまたまひとつ前の席にいた現地の新聞記者さんから、2人そろって取材を受けた。日本人の僕がメキシコ代表のウェアを着ていたのが彼の興味を引いたようだった。やがて試合会場に着くと、面白いことが起こった。同じく試合を観にきていた見知らぬブラジル人達から次々に「おい、お前！」と指差され、「この裏切り者が！」と罵られたのだ。

いずれもあくまでフレンドリーな雰囲気でのことだったが、しまいには「メキシカン日本人！ 裏切り者！ 裏切り者！」と大声で歌い始める奴らまで現れた。

これだけでもすでに十分面白いのだが、もっと面白かったのはこのあとだ。「Japonês mexicano!!（メキシカン日本人！）」と指差してくる奴らに向かって、隣にいる妻のほうを手で示しながら「Esposa mexicana!!（メキシカン妻！）」と叫び返すと、みないきなり手のひらを返し、「ならよし！」といわんばかりの表情で黙って親指を立ててきたのだ。実際に「ならよし！」みたいなことを言ってくる人もいた。そういえば歓声を上げた奴らもいた気がする。

ブラジルという国の面白さを、またひとつ感じた瞬間だった。彼らの多くは人種を気にしないが、生まれ故郷や祖国に対する愛着と誇りは非常に高い。しかし、そんな故郷や祖国よりももっと大切なものがある。家族だ。もっといえば、愛だ。

メキシコ代表のジャージに身を包んだ日本人の姿は、故郷への並々ならぬ愛着と誇りをもった彼らには到底理解できないことで、思わず指差して叫ばずにはいられなかったのだろう。故郷への愛と誇りはどこにいったんだ、お前はそれでいいのかと、思わず問いかけずにはいられなかったのだ。しかし、その日本人の横にはメキシコ人の妻がいた（実は半分日本人だけど）。なるほどそうか、お前は故郷への愛もきっとあったに違いないが、運命に従ってその女性への愛を選び、愛する妻の愛する故郷をその身にまとう道を選んだんだな。わかった。なら、よし！　行ってよし！

直接彼らに聞いたわけではないけれど、多分そういう感じで間違いなかったと思う。

僕はそんなブラジルの人達が、やっぱり大好きだ。

翌日、メキシコ代表のジャージを着た僕ら夫婦の笑顔の写真が大きく地元の新聞に載っていたのを、ホテルのフロントの女の子が見つけて渡してくれた。

メキシコといえばアステカ王国の流れを汲む歴史ある国で、実際にサッカーの代表チームも現地では「アステカ代表」と呼ばれることがある。早速記事を読んでみると、最初の数行のところで「インカの国の」と書かれていた。インカはペルーだ。記者さん、頼むで。

でもそんなブラジルも、何か憎めなくてやっぱり僕は大好きだ。

ネイマールの教育施設とネイマールさん

そういえば、僕のブラジル通いの原点となったネイマールについても、読者のみなさんにぜひ、ご紹介しておきたい話がある。

それは、彼が家族と一緒にブラジルの地元で運営している教育施設のことだ。サントスから車で30分ほどのプライア・グランジという街の、ネイマールの幼年時代に家族で過ごしていた地区にその施設はある。彼がまだサントスの選手だったころに立ち上がったプロジェクトで、バルセロナ移籍後にも着々と準備を進め、2015年4月に正式開校した。

名前はそのまま「Instituto Neymar Jr.（インスチトゥート・ネイマール・ジュニオール）」という。この施設は、地元のいくつかの公立校と提携していて、経済苦を抱える家庭の子ども達のうち、普段の学校での出席率が9割を超えていて、かつ、保護者も職業訓練などのプログラムを受講することに同意することを条件として、無償で毎日数千人を受け入れている。

つまり、経済苦に負けずに学校に通い続けている家庭の子ども達を、その保護者とセットでサポートする総合教育施設だ。ちなみにサッカースクールではない。サッカーの才能を育てるためでなく、あくまで地域を総合的に支援するための施設だ。そのため教育だけでなく医療専門のフロアも付属していて、地域の人達の定期検診なども実施している。

この施設の運営に当初から並々ならぬ情熱を注いでいるのが、ネイマールのお父さん、その名も息子と同じネイマールさんだ。メディアの報道から浮かんでくる彼の姿は恥知らずな金の亡者《もうじゃ》のそれでしかないが、少なくとも僕が実際に知る彼の姿は全然違う。お金にシビアな人なのは否定しないが、あれはどちらかというとお金そのものよりビジネスに夢中になっているんじゃないかという印象だ。

まあ、その話は置いておくとして、僕が初めてネイマールを観たとき、彼の人となりを知ることに興味が湧いたというのは前述したとおりだ。

その後、個人的に探究を続けていくなかでわかったのは、ネイマールという人間を理解するうえできわめて重要なカギとなるのが、この父親のネイマールさんだということだった。

息子が幼いころから徹底して献身的なサポートを続けてきた彼の存在なくして、あのブラジル代表エースの誕生はありえなかったといってもいい。

そのあたりのくわしいストーリーに興味のある方がいたら、この本の担当編集者でもある苅部さんが手がけた書籍『ネイマール　父の教え、僕の生きかた』（竹澤哲／訳、徳間書店）を。親子それぞれの視点でネイマール誕生秘話が語られた面白い1冊なので、ぜひ。

話を教育施設に戻すと、厳しい経済苦ゆえに自身がわが子に与えることのできなかった教育を、せめて地元の子ども達には経験させてやりたいという思いが、このプロジェクトにおけるネイマールさんの原動力になっているとのことだった。

まさにその施設の食堂で、彼と一緒にお昼を食べながら直接聞いた話だ。

「ネイマールさん、その動機は人として自然に理解できるし、深く共感も尊敬もするんですけど、それにしても、どうしてここまで真剣に、これだけの規模でやろうと思ったんですか？」

と僕がしつこく尋ねると、彼は数秒考えたのち、困ったような顔で首を横に振り、

「わからん」

と答えた。逆にこちらは、この言葉で彼の本気がよくわかった。理屈ではないことが伝

わってくる回答だった。もっとも、そうした本人の言葉を引き出すまでもなく、実際にこの施設を一度でも訪ねれば、あるいはそのプログラムを見れば、運営者であるネイマールファミリーの本気度はすぐにわかる。

特筆すべきは保護者のための各種研修だ。ネイマールさん曰く、

「いくら子ども達が楽しく通ったところで、保護者の考え方を変えないかぎり状況は変えられない」

とのことで、家族全体をサポートすることに強いこだわりをもっていた。

彼自身が息子のサポートに心血を注いできた経験、そのために大学に入って学び直し、新たな知識の習得に励んだ経験などが背景にあるのだろうと感じられた。

とはいえ、やはり子ども達が心底楽しそうに通ってくる様子は、見ているこちらも嬉しくなるものだ。

子ども達は毎日2時間この施設に滞在して、英語、スペイン語、アート、パソコンなど教室での学びを1時間、そしてサッカー、水泳、柔道、ダンスなど身体を動かすアクティビティを1時間、日替わりで楽しんでいた。

僕も何度か各クラスに飛び入りでお邪魔させてもらって、教壇に立ったり、あるいは一

緒に運動したりして過ごしたことがある。

あのときの子ども達がみんな、その家族も一緒に、いまも元気で幸せであればいいなと思っている。

ブラジル人の生きる力

日本とブラジル。この2カ国は、地理的にも地球をまたいでほぼ真反対に位置しているだけでなく、文化的にも人の気質的にも、あらゆる面で真逆といっていい。

だからこそ、お互いに学べるところがたくさんあると僕は信じているし、この2つの文化の良いところを良い感じにブレンドできれば、まさに絶妙なバランスの理想的な人格を育めるんじゃないかと思ったりもする。

個人的にブラジルの人達を見ていて強く感じることの一つが、生きる力のたくましさだ。

大学1年生のときに東大で受けた小松先生の授業のコンセプトに、「自分の目で見て、自分の心で感じて、自分の頭で考える」というものがあったが、ブラジルにいると、まさにそれを実践してたくましく生きている人がたくさんいる印象を受ける。

「生きる力」という言葉ではあまりに抽象的なので、具体例を一つ紹介したい。先ほど紹介したネイマールの教育施設で知り合った、チアゴという日系人の友人のエピソードだ。日本名はトシオという。

僕は苦手分野なのでよくわからないけれど、彼はパソコンをハードとソフトの両面から整備・調整する仕事をしていて、ネイマールさんからおおいに頼りにされていた。

日本とブラジルの両方で育った彼は、まさに両国の良いところを見事に併せもった人物だった。丁寧で几帳面で仕事が細やかな、いわゆる日本人らしさがある一方で、必要なときには自分の判断で周りを気にせずパッと行動できる、いわゆるブラジル人らしい機転と胆力も兼ね備えていた。

そんなチアゴが教えてくれた、ある年末のエピソードをここで紹介したい。

成人を迎えて日本からブラジルに戻ったばかりのころ、まだ収入が安定しておらず、年越しを目前にして深刻な金欠状態に陥ってしまった。このとき、いろいろと物入りな新年を一文無しで迎えるわけにいかないと思った彼は一計を案じ、まさに生きる力に溢れた面白い行動に出る。

彼はまず所持金のほとんどを使いきる勢いで、12月30日に1本6レアルのワインを60本買った。当時のレートで換算すると、1本200円前後のワインだ。おわかりだと思うが、やけ酒を飲むためではない。

そのまま1本も手をつけずに迎えた大晦日の夜、彼は60本のワインすべてを持って、家からさほど遠くないところにあるビーチに向かった。

南半球のブラジルでは、年末といえば夏真っ盛りの季節になる。加えて多くのブラジル人は無類の海好きなので、年越しを迎える夜にもビーチに繰り出す人が大勢いる。

とくにチアゴの住んでいた街は大都市サンパウロからも車で1時間ほどの距離のため、忙しい都会の日々から羽を伸ばしにやってくる裕福な人達も大勢ビーチに集まってくる。ましてや、時は年末だ。1年を無事に生き抜いたお疲れさま気分と新年のお祝い気分のなか、いつも以上にハメを外す人、つまり、たくさん飲む人が大勢いることは明らかだった。

そして、これこそがチアゴの待っていた瞬間だった。満を持して砂浜に降り立った彼は、前日に1本6レアルで仕入れたばかりの60本のワインを、1本20レアルに設定して売り歩いた。結果は完売。あっという間に全部なくなったという。

大晦日はお酒を買える商店の多くが閉まっているうえ、開いている大型スーパーに行こうとすると、少し海岸から遠くて面倒くさい。でも、お酒はもっと飲みたい。お金はある。そういう状況がやってくることをすべて見越して準備していた、チアゴの見事な作戦勝ちだった。しかも、ワインを買った人達はみな「とても助かった」と言って、チアゴに感謝してくれたという。

こうして彼は、多くの人を喜ばせながら、実に3倍以上の金額で投資分を回収し、新年を迎えるお金を無事にこしらえたということだった。

僕はこの話を聞いて、「生きる力とは何か?」という問いに対する明確な回答を一つ得たような気がした。生きる力、すなわち「チアゴのワイン」だ。

自分の目で見て、想像力と機転を働かせ、行動を起こす。おそらく成功を確信していたとはいえ、自分の所持金のほとんどを賭けてしまえる胆力もある。立派というほかない。

大学を卒業するときに一般的な就職活動の道を選ばなかったこともあり、結果的に僕もいつも自分のやり方で仕事を見つけ出すか、あるいはつくりだす必要のある人生になった。そのときは生活できていても、翌年の保証がないというタイミングは幾度となくあったし、いまだってある意味そうだと思っている。

もしも困ってしまうような状況になったら、と想像することだってある。そういうとき、僕はよくチアゴの話を思い出す。観察と機転、胆力と行動力。それさえあれば何とかなる、僕にも何らかの「ワイン」が見えるはずだと思えてくる。

ブラジルに関するエピソードは、メキシコでもそうだったように、まだまだたくさんある。新婚旅行以来ずっとお世話になっている日系人のお母ちゃんの話や、同じくやたら僕の面倒を見てくれた、人助けばかりでいつも貧乏な弁護士マルシオの話など、いろんな思い出がある。

それにしても世界にこれだけ多くの国があるなかで、どうしてメキシコだったのか、どうしてブラジルだったのか、ラテンアメリカだったのかと、あらためて冷静に振り返ると不思議な気もしてくる。高校卒業までの僕なら留学は米国一択だったし、そもそも外国語といえば英語という世界観しかもっていなかったので、英語圏以外に住む未来を具体的に想像したこともなかった。

サッカーに仕事で関わることも、大学生活8年目の5月下旬、あのネイマールの動画を観るまでほとんど考えたこともなかった。そもそも大学に入る前は公務員試験を視野に入れていたくらいだし、大学を休学することだってまったくの想定外だった。何せ「休学」という言葉自体を知らなかった。

振り返ればいろいろと伏線はあるけれど、やはり大学1年目のあの授業、小松先生から教わった「自分の時間を生きる」という歩き方を選んだことが、人生の大きな分岐点だったように思う。あの教室で教わったように、理性もしっかり働かせる一方で、最初と最後は感性を大切にするように意識して生きてきた。

そうやって歩き続けた結果として、たまたま導かれた先が、僕の場合はメキシコであり、ブラジルだったということなのだろう。

ブラジルとの関係はこれからも深めていきたいと思う。メキシコへの里帰りもそろそろ真剣に行動に移さないといけない。一方で、それが身近などこかなのか、あるいは海外のどこかなのかわからないけれど、また、ひょんなきっかけで新たな場所、知らなかった世界に導かれる未来にも、ちょっと期待している。

第8章

新しい景色

カタールワールドカップ

2022年12月1日夜。カタールの首都ドーハの西端に位置するハリーファ国際スタジアムは、異様な熱狂と興奮に包まれていた。

弾けるような笑顔で喜ぶ人がいて、抱えきれない感情を爆発させるように叫ぶ人がいて、溢れる涙をとにかく止められない様子で泣いている人もいた。共通しているのはみんな、サッカー日本代表の青いユニフォーム姿であることだ。

カタールワールドカップ、日本代表のグループリーグ第3試合スペイン戦。

決勝トーナメント進出をかけた運命の一戦に見事な逆転勝利を収め、下馬票を大きく覆すグループリーグ1位での突破を決めた瞬間を、僕もそのスタジアムで目撃した。

あのときに経験した感情は、帰国して2カ月近くが経ったいまも、うまく言葉で言い表せない。もちろん嬉しかったし、とにかく大きく心を動かされていたし、素晴らしい結果に狂喜乱舞した。珍しくサッカー観戦で声を枯らした。試合後ホテルに戻ったあと、夜中の2時を過ぎていたというのに、日本の3試合をずっと一緒に観戦していた友人と、2キロメートル近く歩いて現地のマクドナルドまで行った。それくらい興奮していた。

それでもただ「嬉しい」とか「感動した」とか「興奮した」とか、そんな言葉だけにはとても収まらない、もっと特別な感触のある不思議な感覚に包まれてもいた。

目の前で起こったことと、それが意味すること。そこに自分がいることと、それが自分に対して意味すること。たった90分の試合が、当事者はもちろんのこと、それを見守る大勢の人々の明日に対してもちうる意味の大きさと重さにも圧倒されていたのだと思う。

サッカーの試合をスタジアムで観たこと自体はいままでに何度もあったし、日本代表戦も初めてではなかった。それでもいままでに観たどんな試合とも明らかに、それも圧倒的に異なる、特別な雰囲気と力があの場にはあった。

そうだ、いまやっとわかった。そこにいた人の数、見守る人の数だけ存在していたあまりにもいろんな時間が、ありえないほどの密度で一気に凝縮した時空間。それがワールドカップの舞台なのだ。そのあまりに濃密な時間の集合がもつ情報量の多さに、感覚が追いつかなくなっていたのだ。

そのなかでもやはり別格のすごみを感じさせるのは、その舞台の中心に立つ選手達だ。

引退というかたちで遅かれ早かれ必ず訪れる象徴的な「死」の瞬間に向かい、そのわずかな選手寿命の間にすべてのエネルギーを注ぎ込んで生きる彼らの時間は、やはり多くの人間がその一生においてもっている時間の感覚とは、根本的に異なるところがあると思う。

そんな濃密な時間を生きるアスリート達の短い選手人生の一部を支え、その後に待つ新たな長い人生の準備の一部を支えるのが、僕の現在の仕事になっている。

またしてもサッカーとの不思議な縁から始まったこの手づくりの仕事に導かれるようにして、僕は日本有数のサッカーどころとして有名な浦和の街に移住することになり、その1年後に始まったコロナ禍も何とか生き延びて、ついにサッカーの世界で最高の舞台、ワールドカップの地にまでやってくることになったのだった。

フットリンガル、始動

2017年の夏、僕は第2次寺子屋や企業コンサルティングなど、当時手がけていたほかのいくつかの仕事と並行させるかたちで、以前から構想していた新しいプロジェクトを始動させた。当時はとくに名前を付けていなかったが、現在は「フットリンガル」という屋号のもと、僕の中心的な仕事のひとつになっている。

それは、国際舞台での活躍を志す日本人サッカー選手を、語学習得や異文化コミュニケーション、海外適応などの面からサポートするというものだ。

2010年の南アフリカワールドカップの前後を境に、日本人選手の海外移籍を伝えるニュースがどんどん増えていくのを、いちサッカーファンとしてリアルタイムで感じていた。一気に飛躍を遂げてトップレベルまで駆け上がる選手もいれば、粘り強く戦って少しずつ階段を上っていく選手、停滞と突破のサイクルを繰り返す選手など、移籍後のキャリアはいろいろだ。思うような結果が出ず、再び日本に帰ってくる選手もいた。

さまざまなケースがあることをメディアの報道を通じて知りながら、そのなかでも個人的に気になっていたのが、語学や適応の面でつまずく選手がいることを伝える記事だった。せっかく海外移籍を実現できるだけの実力や可能性がある選手なのに、語学力や適応力の不足でキャリアが挫折するなんて、なんてもったいなくて悲しいことだろう。とにかくそれしか感想がなかった。

というのも、わが身を振り返ったとき、語学の習得やコミュニケーション、あるいは異文化への適応というのは、たまたまいちばんの得意分野だったからだ。

逆に、これだけ多くの人が熱中するサッカーというスポーツでプロになり、さらに海外のクラブから契約してもらえるなんて、その才能や能力がどれほどすごいものなのかは、それを測る物差しすらもっていなかった僕にしてみれば、完全に想像力の外側の世界だった。ほとんど一種の超人だ。

だからこそ、そんな難しいことができる人達が、少なくとも僕にとっては簡単に感じられることで望まぬ挫折を経験するなんて、あまりにももったいないと感じた。

これが、新事業「フットリンガル」の萌芽を最初に予感した瞬間だった。

サッカー選手の仕事はサッカーだ。そして究極の話をするならば、サッカーに言葉は要らない。ボールそのものが言葉となり、パスやひとつひとつの動きが言葉となってコミュニケーションが機能するからだ。スポーツやアートが言語を超え、文化を超えて愛される所以だ。こういう超言語的な存在には、僕もついつい憧れてしまう。

とはいえ、現実にサッカー選手として歩むキャリアを考えたときに、言語が不自由なく通じる道とまったく通じない道、それ以外のすべての条件が同じというなかで、どちらでも好きなほうを選べといわれたら、進んで後者を選ぶ選手などまずいない。逆にいえば、契約するチーム側、使う監督側にとっても、ほかの条件がすべて同じというなかで、不自由なく言葉の通じる選手と通じない選手がいたら、ためらうことなく前者との契約を優先するだろう。

サッカー選手として本業のサッカーで純粋に評価されることを望むのであれば、サッカー以外の部分に評価の視線が向けられる可能性をいかに排除しておけるかも大きな意味をもってくる。異国でのプレーを前提に「サッカー以外」を具体的に考えると、やはり語学力はその最たる例のひとつだ。これは「サッカー」の部分にどんな職業を当てはめても、海外でやっていくなら同じことだろう。

それに、そもそもサッカーはコミュニケーションのスポーツだ。試合中に声をかけ合って動き方や戦い方を修正したりする必要もあるし、ポジションによってはコーチングと呼ばれる声かけの力も選手としての技能の一部に含まれることがある。

また、普段の信頼関係の深さが試合での選手としての関係にそのまま反映されることもある。そうした関係を育むには、明るい人柄や身体を張ったユーモアなどで何とかできる部分もあるが、やはり最後は言葉でのコミュニケーションがモノを言う。

現地の言葉を流暢に操ることができれば、選手同士だけでなく、クラブやファンとのコミュニケーションももっと幅が広がるし、日常生活だって変わってくる。その一つ一つの積み重ねが、選手としてのキャリアも人間としての人生も豊かにするし、現役引退後の人生に別の可能性をもたらしてくれることだってあるだろう。

こういったことを想像するうちに、誰か、アスリートの語学習得や現地適応、異文化コミュニケーションといった部分を専門的にサポートしたほうがいいんじゃないか、ていうか俺、それ普通にできるんじゃん、みたいなことを考えるようになっていった。

もしそんな仕事が実現したら、それは僕がそれまで働いてきた2つの分野、すなわちサッカーとリベラルアーツ教育という2つの世界がちょうど一つに融合した事業になる。

まさに自分に打ってつけの仕事になるような気がした。

とはいえ、これを考えていた当時は鳥取に住んでいて、実際に海外を目指す選手達とのツテがあったわけでもなく、目の前には自分がやっているほかの仕事もあったので、ネイマールの動画を観てブラジル移住を思いついたときのように、無理をしてでも行動を起こすということはしなかった。少しは大人になっていたのかもしれない。

ところが人生の巡り合わせというのは面白いもので、この「フットリンガル」が始動するきっかけを生み出してくれたのもまた、ほかでもないネイマールだった。

話は前章の冒頭のシーンまで遡る。

2017年5月末、ネイマール一行のアテンド通訳として東京に滞在していたときのことだ。その日の日程をすべて消化したあとに内輪で催された東京都内でのパーティー会場で、一人の日本人選手と知り合った。ルーツは韓国、育ちは日本、プロデビュー後に帰化し、やがて日本代表入りを果たし、当時を知るサッカーファンなら誰もが鮮明に記憶している、2011年アジアカップ決勝で日本を優勝に導いた、あの伝説のボレーシュートを決めた李忠成《ただなり》選手だ。

このときの彼は、Jリーグの浦和レッズの選手だった。日本サッカー界でも随一の好奇心の旺盛さとフットワークの軽さで各界に友人知人をもつ彼は、この日の主催者とも親しかった関係で、大音量のブラジル音楽が流れるブラジル人だらけの空間に、勇敢にも一人で飛び込んできたのだった。

会場はそこまで広くなかったし、彼が入ってきたことには僕も気がついていた。

何かの用事のあとだったのかスーツ姿だったこともあって、その姿は目を引いた。とはいえ知り合いなわけでもないし、何より仕事中だったので、そのままブラジルのみなさんの間を忙しく動きまわっていた。

それでも宴もたけなわに向かうと、みな歌っているか、踊っているか、騒いでいるか、休んでいるだけになるので、僕もだんだん暇になる。そのタイミングで、李選手も暇そうに一人ポツンと座っているのが見えた。止まらぬ音楽と踊るブラジル人達の喧騒のなか、スーツ姿のアジア人が一人佇《たたず》んでいる姿には、失礼ながらちょっと同情を誘う雰囲気があり、思わず話しかけていた。

あの空間に言葉もわからず飛び込んできた彼を僕が面白いと思ったように、その空間をネイマール側の身内みたいな雰囲気でウロウロしている日本人がいたことを、彼も面白く感じたようだった。話してみると思いがけず年齢が同じだったことも手伝ってか、瞬く間に意気投合し、僕らは友人になった。

その夜から約1カ月半後、今度はFCバルセロナの行事で来日したネイマールを再びアテンドしていたときに、その忠成から連絡がきた。

「タカ、いま東京にいるでしょう？　後輩を紹介したいから一緒にメシ食おう」

彼は当時、僕が鳥取に住んでいたことを知っていたけれど、ネイマールが東京にいるなら僕も東京にいるはずだと思って連絡してきたとのことだった。

このときに紹介されたのが、僕の最初の生徒《クライアント》になった選手の一人、カタールワールドカップの日本代表でも主力として活躍した遠藤航《わたる》選手だった。

現在は、ドイツの名門VfBシュトゥットガルトで日本人ながら主将を務めている彼だが、当時は李選手と同じ、浦和レッズの選手だった。

サッカー選手の語学や異文化コミュニケーションをサポートすることに僕が興味をもっていることを知った忠成が、「航、タカに習ったほうがいいよ！」と熱く推薦してくれて、そのまま海外移籍や語学の話題になった。彼には心から感謝している。しかもあの日は、忠成に会ったのだってまだ2回目か3回目だった。

大学1年生のときにお世話になった小松先生が自分の頭の良さについて学生に尋ねられて、「目と鼻はいいけどね」と答えたときのことを第1章に書いたけれど、この李忠成という人と話していると、よく小松先生のこの言葉を思い出す。彼もまた、目と鼻が利く。だからきっと、あの夜も、その場のたんなるテキトーな思いつきなんかではなく、その独特の嗅覚で何かを確信して、この出会いをつないでくれたに違いなかった。

後日、あらためて遠藤選手と個人的に面談を行い、正式に契約することになった。たんなるサッカーファンの想像の世界にしか存在していなかった「フットリンガル」が、ついに現実世界でも存在を獲得した瞬間だった。

当然ながら、浦和と鳥取で遠距離だったので、オンラインでの指導というかたちでスタートした。ちなみに、この「最初からオンライン」という始まり方が、結果的に事業の成長を促した部分もあったと思う。選手達は各所属チームの本拠地に散らばっているうえに、移籍で突然引っ越したりするものなので、学びの空間がオンラインに存在していることは、そもそもきわめて重要だったのだ。


こうして、またも思いがけないきっかけで新たな仕事が始まったわけだけれど、選手達の指導と並行させるかたちでもうひとつ、個人的に必要を感じて真剣に取り組んだことがあった。フィジカルトレーニングだ。

このころ、拠点にしていた鳥取でちょうど、一度現役を引退していた元ガイナーレのブラジル人選手、フェルナンジーニョの現役復帰プロジェクトをサポートしていた。

僕が当時、コンサルタントとして経営戦略をお手伝いしていた地元企業の支援を受けつつ、ボブスレー選手として二度の冬季五輪出場経験をもつ同じく地元出身のトレーナーさんに付いてもらい、翌シーズンの復帰へ向け、フィジカルトレーニングを始めたところだった。僕もこのトレーニングに加わって、まったく同じメニューを行うことにしたのだ。スポーツ選手というのは、高みを目指せば目指すほど心身の両面で厳しい自己管理を要求される仕事だ。日々、自分の身体を追い込んで生活する彼らに、語学やリベラルアーツという別分野からの関与とはいえ、指示を出す立場になったわけだ。

こうなると「そういうお前はどのくらい自分を追い込んでるんだ」と、思わず自問自答しないわけにはいかなくなる。それに、自分の生徒になる選手達がどんな生活を送っているのかを、擬似的にであれ体験しておくことに意味はあると思った。そこで、ちょうど目の前にあった機会を活用して、僕も一度真剣に「アスリート生活」を送ってみることにしたのだった。

こうして毎日午前中に約1~2時間、フェルナンジーニョが現役時代のキレを取り戻し、さらに進化を遂げるためのメニューの数々を、隣で僕も全力でこなす日々が始まった。当然ながら午後からは普通に仕事をして、選手のレッスンもやって、しかもこのころは息子が1歳で育児が生活の中心だったので、慣れるまではかなりハードだった。

「てかもう普通にそれ、選手より大変じゃないすか」

そう画面の向こうの遠藤選手が声を出して笑った瞬間、ちょっと報われた気がした。

このトレーニング生活は約1カ月と少し、最終的に追い込みすぎて肉離れを起こす瞬間までほぼ毎日続けた。生まれて初めて経験する肉離れは、フェルナンジーニョと並んで走ったダッシュのメニューのときに一瞬だけ、彼を追い越して先にゴールできる気がして一気にギアを入れた瞬間に起こった（彼は当然100パーセントでは走っていない）。

新しい景色を見られる気がして、その感覚に呼び覚まされるように不思議と湧いてきた力を使って思い切りアクセルを踏んだのだけれど、イメージに身体が追いついてくれなかった。

肉離れというのは普通の生活ではあまり起こることがなく、一般的にはアスリートに多く見られる怪我だということもこのときに知った。それを聞いた僕は、この勝手に始めたアスリート体験コースの認定証をもらったようで、少しだけ誇らしい気持ちになった。めでたい性格で良かったと思う。

またこの経験のおかげで、「肝心なときに怪我をしてしまったアスリート」の感覚や、「しばらくは何もできずただ待つしかない、復帰を目指すアスリート」の感覚も擬似的に体験することができたと思っている。つくづくめでたい性格で得をしていると思う。いずれにしても、スポーツ選手という、自分にとっては未知の世界を生きる人達の感覚をわずかでもつかもうとしたあの体験は、間違いなく必要だったし意味もあったと思っている。

ちなみに、このとき僕とフェルナンジーニョがお世話になっていたトレーナーの小林竜一さんは現在、ドイツブンデスリーガの「デュエル王」（1対1の競り合いにいちばんたくさん勝った人）となった遠藤選手のパーソナルトレーナーとして、彼のフィジカルを支えている。コロナ禍という事情もあったとはいえ、この2人のトレーニングも原則オンラインで行われている。フィジカルトレーニングを画面越しで成立させられるのは、ひとえに2人の知性と勘の鋭さによるものだと思うが、いずれにせよ、遠藤選手はオンラインで鳥取人とつながる運命にあるのかもしれない。

遠藤航選手との英語レッスン

話を戻すと、この遠藤選手との出会いを皮切りに、遠藤選手自身や別のルートからも紹介を受けたりして、少しずつ着実に生徒が増えていった。

しかしながら、このプロジェクトは自分にとっても新しい試みだったし、絶対に成果を出せるという根拠がまだ自分の中でそろってはいなかったので、とくに最初の数年間はまったく拡大を意識せず、まずはじっくり、目の前の数名の生徒だけに向き合うことにした。

寺子屋を始めたときと同じだ。しかも今回は寺子屋のときとは違い、コンサルタントの仕事などで珍しく生活も安定していた。このコンサルタント業は息子を授かり、父親になることがわかった直後に一念発起して始めたものだったので、人の親になるというのはやはり、大きな転機だなと思う。

それにしてもトップアスリートというのは、一つのことを極めているだけあって個性的な人が多く、幸い僕のもとに集まってくるのは人柄も爽やかで親しみやすい選手ばかりだったので、ここでも紹介できそうな楽しいエピソードがたくさんある。

そのなかでも今回は、やはり最初の生徒の一人である遠藤選手の話を中心に書いていこうと思う。

最初に契約させてもらったときの彼の年齢は24歳。サッカー選手としてはヨーロッパ移籍を目指すギリギリの年齢だ。それでも25歳で迎える1年後の移籍実現を目標として逆算し、まずは世界共通語である英語の習得に取りかかることになった。

サッカー選手という職業が、実はこの世に存在する多くの職業のなかでももっとも可処分時間、つまり暇な時間の多い部類の仕事だということはあまり知られていない。試合の日を除けば、たいていは午前中に2時間ほど練習して、それで終わりだ。もちろん個人的なケアやトレーニング、あるいは回復のための昼寝の時間など、全体練習以外にもやるべきことはある。

ただ、それらを全部やったとしても、まだ日が暮れるまでわりと時間がある。良くも悪くも己次第でどんな方向にも自分を変えていける世界を生きているのが、サッカー選手という人達だった。

しかし、遠藤選手の場合はちょっと事情が違っていて、24歳にしてすでに3児の父でもあった彼は、練習前に自ら幼稚園に送っていった子ども達を練習後に迎えにいき、帰宅後はそのまま子守りとお風呂と寝かしつけというのが毎日のルーティーンだった。

つまり、ほかの多くの選手達と比べて、かなり可処分時間が少ない選手だった。一般的に考えれば、語学の習得という意味では不利な条件だ。ところが彼の場合、逆にこの生活環境ゆえに、時間の有限性に対する自覚が深かった。つまり、限られた時間を効率良く使うことへの意識がきわめて高い選手だったのだ。

彼はアウェイで遠征に出かけるときや代表活動期間など、家族と離れて一人になる時間のほとんどを、レッスンか、課題として出した勉強メニューの消化に費やすようになった。

話をしてみると、彼は音楽が好きで歌に自信をもっていたようだったので、最初はエド・シーランの「Thinking Out Loud」という曲を〝完コピ〟することに取り組んだ。英語の歌詞を英語で完全に理解したうえで、音程だけでなく発音も正確に最後まで歌いきれるまで徹底的に細かく練習したので、完成までに約1カ月かかった。

これは同時に、彼の「遠藤」という名前を活用して、海外移籍後に〝エンドウ・シーラン〟としてロッカールームデビューを果たすための仕込みも兼ねていた。

真面目な語学の話もすると、これはまず英語を英語でそのまま聴いて、日本語訳でなく話の内容がそのまま映像的に浮かぶ体験をつくること、英語を正確に発音すること、そして歌詞の英文全体をそのまま飲み込んで理解できるようにすることで、文法を感覚的にインストールできる下地を整えていくことなどを、歌の完成度を上げるという別の目的にすり替えることで自然に実行していくためのメニューとしてやっていた。

学習メニューは選手ごと、生徒ごとに変えるため、誰に対しても同じ方法を採るわけではないが、遠藤選手の場合は歌うことを愛していて、しかも美しく完璧に歌い上げることに並々ならぬ意欲をもっていたので、この方法が最適だった。

「Thinking Out Loud」が完成したあとは、同じくエド・シーランの「Perfect」に取りかかり、その後も順番に歌を通じて英語の頭と耳と舌の素地をつくっていった。

もうひとつ、遠藤選手の特徴として顕著だったのは、そもそも勉強すること自体がまったく苦手ではなかったことだ。中学時代に自ら塾に通って真剣に英語を勉強したときの記憶がわりとしっかり残っていて、会話でなく読解や文法が中心のレッスンに対する耐性もあったのは、彼の大きなアドバンテージだった。

アスリートの場合、スポーツ面では輝かしい成功体験を有している一方で、いわゆる学校の勉強においては成功体験に乏しく、勉強そのものへの苦手意識をもっている選手が多数派だ。

これは、いわゆる勉強とスポーツを完全に別物として認識させている学校教育の考え方にも原因と責任があるように思うが、ともかくそういう選手を相手にする場合、まず、勉強とスポーツが実は同じ考え方とアプローチによって結果を出せるものであることを論理的に説明し、彼らの頭の中で苦手意識の側に強力に貼り付けられている「勉強」というキーワードを、スポーツと同じ得意分野の側に移してもらうことからスタートする。前向きなメンタリティで学習に向かっていける認識と姿勢を準備するのだ。

そのうえで、具体的なメニューとしては圧倒的に会話中心、つまりとにかく耳と口を使う学習方法からアプローチしていくことになる。学校で授業を受けて勉強している感覚でなく、ただ普通に楽しくおしゃべりしている感覚で取り組んでもらうためだ。

この方法でしばらく続けて、「英語を英語で理解できた」「いまのは普通に聞き取れた」といった、小さな成功体験を少しずつ積み重ねていく。

これをさらに続けていくと、やがて少しずつ自信が芽生えてきて、その自信が意欲を生み出す。こうなるとたいてい、もう何も言わなくても「もっと勉強したい」と感じるものので、この段階になるとみんな、いわゆる普通の勉強っぽいメニューにも問題なく向かっていけるようになっている。

ところが、前述のように遠藤選手の場合は、この点においても少数派だった。つまり、そもそも勉強に対する抵抗や苦手意識をもっていなかったので、強度の高いメニューを初めからこなしていくことができたのだ。

そこで取り入れたのが、受験参考書界のベストセラーである、Z会の『速読英単語』、通称「速単」を使った学習だった。この参考書は、ページの左側に英文の記事、右側にその日本語訳が見開きで載っており、その英文のうち重要単語だけを集めたリストが次のページに意味とともに紹介されているというものだ。

語学の習得方法というのは結局のところきわめてシンプルで、「たくさん聴いて、たくさん読んで、そのうえでたくさん使う」ということに尽きる。

遠藤選手には、この「たくさん読む」の部分も最初からどんどんやってもらうことにした。しかもただ読むのではなく、まずは音声を聴いて、「これ以上は何回聴いてもわからない」というところまでいったら英文を読んでもらった。そして、「これ以上は何回読んでもわからない」というところまでいったら、日本語訳を確認してもらう。あらためて音声も聴いたうえで、最後はその英文全体を一言一句間違えずに暗唱してもらうようにした。

この方法は、真剣に語学を身につけたい人全員に効果があると思うので、興味のある方はやってみてほしい。

ちなみにこの方法、英文のレベル選択も重要で、「だいたいわかるけど完全にはわかりきらない」くらい、単語でいえば、1ページあたり数単語だけわからないくらいのレベルを選ぶのがポイントだ。

遠藤選手は最初、「速単」シリーズの「中学版」から始めた。そこから階段を上っていくように参考書のレベルを上げて、複雑な文章も理解できるようになっていった。

ところで、受験英語は、実践的な英語力につながらないという批判が昔からあるが、これは単純に考え方と方法の問題だと思う。

自分が将来、英語を使う場面を想像しながら、目の前の教材や課題をどう活かすか、つねに自分の頭で考えながら取り組むことで、一見すると役に立たなそうなものでも意外と活用できることがある。

僕は大学受験を通じて大量の英文を読んだこと、文法を体系的に理解したことが、後に英語を話せるようになるうえで非常に役立った。

受験勉強は英語を「話す」ためのトレーニングとしてはたしかに不十分かもしれないが、英語を「わかる」ためのトレーニングとしてはそう悪いものではないと思っている。赤ちゃんの言語習得プロセスを見てもわかるように、まずは「わかる」を目指すところから始めるのは、人間の言語学習のあり方として実はきわめて自然なことなのだ。

なので、たとえば中高生や受験生など、現実に学校の英語や受験英語と向き合わざるをえない環境にいるみなさんは、やがて会話の練習を本格的に始める前のフィジカルトレーニングだと思って、前向きな気持ちで目の前の課題に取り組んでほしいと思っている。

こうして遠藤選手は、英語を耳からも目からも「理解する」ことに主眼を置いたトレーニングを1年かけて続けた。

ロシアワールドカップのメンバーに選ばれ、出場こそ叶わなかったものの、彼の夢だった大舞台のピッチにギリギリまで近づくことになった。

そういえば、このワールドカップの期間中、彼はドイツ語の勉強も始めていた。僕はドイツ語は未習得だったけれど、適切な参考書と学習方法を選び抜く能力には自信があったので、将来の移籍に備えてドイツ語の参考書を何冊か選び、それを遠藤選手に買ってもらっていた。

そして、そのなかの文法ドリル1冊を、大会の直前合宿のタイミングから始めてもらっていたのだ。代表期間中も試合と練習以外は自由時間が長かったりするので、その時間を活用して、英語に続く新たな言語の学習をスタートしてもらうことにした。

とはいえ、〝言うは易く行うは難し〟だ。とくに語学なんて、やると決めたことを最後までやりきれることのほうが稀で、僕自身も学習者の一人として何度もそういう失敗を経験している。

でも、遠藤選手は違った。劇的に幕を閉じた最後のベルギー戦を終えて帰国した彼と会ったとき、例のドイツ語のドリルを見せられた。見事に最後までやりきっていた。この同じ席で、彼から海外移籍決定の報告を受けた。

その後の彼の躍進は見事なもので、ベルギーでの1年を経てドイツの名門シュトゥットガルトへの移籍を実現すると、さらに翌シーズンからは2年連続でドイツ1部リーグの「デュエル王」のタイトルを獲得した。

海外移籍後も彼とのレッスンは続いたが、時が経つにつれて、語学以外にも幅広いテーマを扱って議論したり、日本語での論理的思考力を磨くためのテキストを読んだり、ビジネス英語の文章を読んでみたり、まさにリベラルアーツの世界になっていった。

そして迎えたカタールワールドカップ、何とかメンバーに入るも出場は叶わなかったロシアワールドカップから4年の時を経て、絶対不可欠な主力選手として堂々とメンバー入りを果たした遠藤選手を応援するため、彼との共通の友人である、浦和レッズサポーターの田中勉《つとむ》さんと一緒にアラビア半島へと向かった。

この本の第6章に登場した、鳥取で珈琲焙煎士をしているあの田中さんとは別の田中さんだ。このワールドカップ応援の旅の途中、僕が本を書いていることを知った勉さんから、

「え、タカさん、本書いてるの？　俺も登場させてよ！」

と繰り返し言われたので、ここで登場してもらうことにした。これを読んで喜んでもらえていたら嬉しい。

あのスペイン戦の試合終了直後、家族や友人、関係者が見守っていた観客席までユニフォーム姿のまま上がってきた遠藤選手と、２人で記念写真を撮らせてもらった。

僕が遠藤選手に対して貢献できた部分は、そのキャリアのごくごく小さな一部にすぎない。もともと賢い彼のことだから、あるいは僕と出会わなくたって、間違いなく成功を収めていただろう。

むしろワールドカップにまで連れてきてもらったという感覚だったので、彼には感謝の気持ちしかない。

変化し続ける原口元気選手

ここでもう一人、そのエピソードとともにご紹介しておきたい生徒がいる。

2018年のFIFAワールドカップ ロシア大会で、日本代表の主力として活躍し、決勝トーナメントで初めてゴールを決めた日本人となった原口元気選手だ。

カタールワールドカップでは、本大会直前にまさかの選外となってしまったものの、それまでの全予選を通じて、ピッチ内外で代表チームを支えてきた功労者であったことを疑う人はいないだろう。

そんな原口選手とは、2019年の秋、遠藤選手から画面越しに紹介されるかたちで知り合い、そのまま新たな生徒になった。

英語をあらためて学び直したいということで、まずは英会話から始めた彼だったが、その学習姿勢はとにかく真面目で素直、一言でいえばとても熱心な生徒という印象だった。

その翌年、コロナ禍に突入し、完全自宅隔離の2週間を過ごしたときには、受験生も顔負けの集中力で毎日何時間も勉強していた。

遠藤選手のときと同じく、彼ともたんに英語にとどまらず、自然と学びの範囲を拡大させていくことになった。

たとえば、母語である日本語だ。

外国語を学んでいて、むしろ母語の運用能力に限界を感じた経験のある方は多いと思う。原口選手も早い段階でその重要性を自覚できる感性をもっていたため、日本語で書かれた文学的な文章、論理的な文章を一緒に読みながら、思考ツールとしての言葉の機能について解説を行い、ときに議論を行った。

議論といえば、原口選手とのレッスンでもっとも頻繁に話題に上がっていたのが、いわゆる日本人論だ。ドイツで長年プレーし、世界各国からやってきた選手達と関わりをもってきたなかで、「日本人とは何か」「何が日本人を日本人たらしめているのか」といった問いに、あらためて向き合うことが増えたということだった。

この議論は当然、各国との比較文化論的な話にも発展するのだけれど、なかでもとくに、ブラジル人のもつ特異なメンタリティは彼の関心を引いていたようだった。

たまたま僕の知っている分野だったこともあり、この両国の文化や国民性の違いについてはかなり詳細に議論することになった。具体的には、ブラジル人選手達の持つあの強靱なメンタリティを日本人選手が取り入れることは可能なのか、可能だとしたらどのように可能なのか、といったことを繰り返し語り合った。

面白かったのはその後、２０２２年6月に、日本代表がブラジル代表との対戦を迎えたときのことだ。

たまたま試合の数日前にレッスンを行っていたところ、

「ねえ、ブラジルってどうやったら倒せんの？」

と彼が唐突に尋ねてきたのだ。

「え、いやそれ、俺に聞く?」

と当然の応答をした。いうまでもないことだが、サッカーの競技面に関して僕が選手にコメントを行うことなどありえない。

ところが、彼はすぐにこう返してきた。

「だってブラジルのことよく知ってるじゃん。どうやったら勝てると思う?」

そこから1時間近く、ブラジル人の思考や性格の傾向など、僕が知るブラジルについてあらためて質問攻めにあい、さまざまな角度から議論を行うことになった。

どう考えてもサッカーの専門家ではない僕に対しても、何か一つでもヒントになる情報を得られないかと率直に問いかけてくる、そのシンプルにして柔軟な考え方に、彼が長年、ドイツの舞台で生き残り続けている秘訣の一端を垣間見た気がした一件だった。

彼との学びのなかでもうひとつ、深く印象に残っているものがある。それは彼が当時所属していたハノーファー96を離れ、1.FCウニオン・ベルリンに移籍することが決まったときのことだ。レッスン前にこんなリクエストを受けた。

「ベルリンの歴史をちゃんと勉強したいから教えてください」

曰く、彼が以前所属していたヘルタ・ベルリンが首都ベルリンの西側のチームである一方、今回入団するウニオン・ベルリンは同じベルリンでも東側を拠点とするチームで、これから自分は東西ベルリンの両側に暮らすという少々珍しい経験をすることになると。だからこのタイミングで、一度ベルリンという街の歴史をきちんと学んでおく必要を感じたということだった。

そこで、二度の世界大戦を経て東西冷戦が始まり、やがて冷戦構造の崩壊に至る20世紀の流れと、そのさなかでベルリンの街がたどった歴史を資料とともに確認していった。僕も当然、ドイツ史の専門家ではないので、くわしい部分は一緒に学んでいくようなかたちで進めた。

すでに一度、ベルリンに住んだ経験のあった原口選手は、資料の写真の景色に見覚えのあるものも少なくなく、見知っている風景とその歴史的背景がつながっていく感覚を得たようだった。まさに理想的な歴史の学び方だ。

正直、このときほど、生徒としての彼を誇らしく思ったことはない。移籍にあたってその土地の歴史を学ぶというのは、サッカーをプレーするうえでは直接関係のないことだけれど、その街やクラブに対する敬意の示し方のひとつとして、やはり大切なことではあると思う。

また、当初はあくまで英会話を学ぶためにレッスンを始めた彼が、やがて語学のみならず、幅広い方面に知的関心を広げていくなかで、自らあのようなリクエストをしてくれたことも嬉しかった。

一連の学びがひとつ実を結んだ瞬間でもあったし、原口選手が一流の国際アスリートとして、深いところでさらに覚醒した瞬間でもあったように思う。

ところで、実は、原口選手からリクエストを受けたのはレッスンの内容だけではない。自らのキャリアだけでなく、日本サッカーの未来についても真剣に考えている彼は、いつだったかこんなことを言ってきた。

「タカさん、俺らみたいな日本代表に入る選手とかを見てくれるのもありがたいし、もちろん必要なんだけど、もっと若い育成年代の選手とかにも語学の大切さとか、俺らに教えてるような内容とかを伝えていってほしいんだよね」

わけをくわしく聞いてみると、彼が13歳のとき、JFAエリートプログラムでの合宿中に栄養士の方がゲストとしてやってきて、その講義を受けたという。

そこで食事を通じた身体づくりの大切さを初めて認識した彼は、それ以来、競技面でのトレーニングに加えて、食事管理にも細心の注意を払うようになり、時間をかけて選手としての身体をつくってきたということだった。

「もし俺があのとき、栄養だけじゃなくて語学の話も教えてもらってたら、あの時点からスイッチ入れて必死に勉強してたと思う。でも残念ながら、当時は全然そこに気づけなかった。それで、日本でプレーしてたときにちょっと英語を習っただけでやれると思って海外に行ってみたら、全然通用しなかったから」

だからこそ、かつての自分のような若い選手達に同じ轍を踏んでほしくないということだった。彼のリクエストはほかにもあった。

「タカさん、ドイツ語やってよ。いまでもいろんな言語話せるんだし、すぐできるようになるでしょ。で、俺らに教えて」

これまでがそうだったように、今後も一定数の日本人選手がドイツでプレーするに違いないし、そうでなければ困る。しかしドイツ語の習得は実際かなり難しいため、移籍前の予習も含めて然るべきサポートのできる人間が誰か必要だ。そこで、いまからでも真剣にドイツ語を勉強して、今後の日本サッカーのためにも、その「誰か」になってほしい、という話だった。

誤解のないように付け加えると、原口選手自身はドイツ語で問題なく現地での日常生活を送っているし、そのうえで現在も勉強を続けている。彼が言っているのは、より本格的に、できるかぎり正確なドイツ語の習得を目指すために、という意味でのことだった。そして同時に、今後ドイツに渡るであろう若い選手達の成功を強く願っての言葉だった。

実際どうなるかはわからないが、彼の言葉に背中を押されるかたちで、僕が少しずつドイツ語の勉強を始めたことは確かだ。

かつてネイマールをきっかけにブラジルへと旅立つ未来へ導かれたように、今度はもしかすると、原口選手のシンプルでまっすぐな言葉に引っ張られて、ドイツを訪ねる未来に向かっているのかもしれない。

新しい景色

最後に、あらためてワールドカップに話を戻す。

今回、カタールで初めて現地体験したワールドカップは、想像していた以上にダイナミックでパワーのある、素晴らしいイベントだった。

間違いなく世界最大級のお祭りと呼べるだろう。各国から集まったサポーター達との交流は、そのそれぞれは刹那《せつな》の邂逅だったにもかかわらず、一つ一つがいまも温かく心に残っている。

日本が逆転勝利を収めたドイツ戦の帰り道では、少なくないドイツ人サポーターが祝福の声をかけてくれた。何人かとは一緒に写真も撮った。彼らにしてみればほとんど屈辱的ともいえる敗戦だったかもしれないのに、みんなフレンドリーで温かった。

続く第2戦では、ドバイからカタールに向かう機内で、対戦相手であるコスタリカのご夫婦と通路を挟んで隣になった。

きっかけは忘れたけれど、離陸前から雑談しているうちにすっかり仲良くなって、飛行機を降りる前に連絡先を交換した。試合後、今度はこちらから祝福のメッセージを送った。

迎えた第3試合スペイン戦、この日は道中で遭遇した多くのモロッコのサポーター達から、日本の勝利とグループリーグ突破を願う応援や激励の言葉をかけられた。

モロッコのみなさんとは大会日程が同じだったため、試合の日に必ず飛行機で一緒になった。過去にモロッコ人の知り合いが一人もいなかったこともあり、恥ずかしながら何のイメージももっていない国だったけれど、あのサポーター達の開放的で親しみやすい雰囲気は、大好きなラテンアメリカの人々によく似ていて、とても親近感が湧いた。スペイン戦の試合後や翌日は、街や空港でモロッコの人と遭遇するたびに互いの代表チームの躍進を称え合った。

ブラジルやメキシコのサポーター達ともたくさん交流した。メキシコからは、通算6回目のワールドカップ観戦に訪れているという年配のご夫婦もいれば、新婚旅行で観にきたという若いカップルもいた。あの新婚カップルもあと5回観にいくことになるかもしれない。それくらい中毒性のあるイベントであるのは間違いなかった。

ワールドカップを通じた交流は、必ずしも出場国のサポーター同士だけではなかった。

大会中の滞在拠点にしていたドバイのタクシー運転手さんや、ホテルのスタッフ達ともたびたび盛り上がった。その多くはインドやパキスタンといった南アジア出身の人達で、日本をはじめとするアジアの代表チームを応援しているということだった。

同じアジア人として、と彼らの多くが口にしていたのが印象に残っている。島国日本での日常生活ではあまり感じることのない、アジアという広大な地域の一員としての自分を、久々にリアルに感じた瞬間でもあった。

こうして、この世界最大級のお祭りをスタジアム内外で濃密に体験してしまったことで、あらためて自分の内側に湧いてくる感情もあった。

それは、あらためてサッカーというこの不思議な存在に真摯に向き合っていくことへの、きわめて前向きな応答責任のような感覚だ。

ここまできたら、必要としてもらえるかぎり「フットリンガル」の仕事は続けていくべきだし、むしろ必要とし続けてもらえるよう、自分にできる工夫と努力を重ねていこう。そうすべきだ。ドイツ語もいよいよ真面目に勉強しないといけないな。そういう感情が、気負いや義務感としてではなく、目の前の自分の人生に対する自然な応答として、じわじわと大きくなっていくのを感じた。

あのネイマールの動画をきっかけに思いがけずサッカーの世界に飛び込んで以来、自分でも半分くらいわけがわからないまま走っているうちに、気がついたら多くの出会いに恵まれ、いまではすっかり公私ともにサッカーに囲まれた生活になっている。

「公私ともに」と書いたのは、しまいには6歳の息子まで、とくに積極的に促したわけでもないのに自らサッカーに夢中になってしまったからだ。

ちなみに次のワールドカップは、メキシコを含む北米3カ国で開催される。

妻のもうひとつの母国であり、息子がその血を引く国でもあるメキシコだ。

この北米大会こそは準備から開催までつつがなく行われることを、いまから祈りつつ、今度は家族一緒に、またひとつ人生の新しい景色を観に行けたらいいなと思っている。

第9章

砂漠で命に祝福を

ドバイのカフェで

2022年12月2日、カタールワールドカップ日本対スペイン戦の翌日、僕は再びドバイにいた。

「再び」と書いたのは、日本代表のグループリーグ3試合を観戦するにあたり、現地の部屋不足と宿泊費高騰の凄まじさを受けて、ドバイに拠点を置いていたからだ。

日本でドバイといえば、「大富豪」「ド派手」といった極端なイメージばかりが先行しがちだが、実際には当然、いろんな人が暮らしていて、いわゆる「普通の生活」を営んでいる人もたくさんいる。

そのドバイの象徴的存在、世界一の超高層ビルとして知られるブルジュ・ハリファがそびえ立つダウンタウンから、メトロの駅を挟んでちょうど反対側に、シティウォークと呼ばれる商業施設エリアがある。いつもにぎやかなダウンタウンと比べると人通りが少なく、より落ち着いた雰囲気が漂っている。

そのシティウォークの一角に位置する「シッカ・カフェ」のテラス席に、待ち合わせ相手のマルレーナが座っているのが見えた。彼女がこちらに気づいて席を立つ。信号が変わって通りを渡り、こちらも店にたどり着くと、抱擁を交わして6年ぶりの再会を喜び合い、お互い席に着いた。彼女の傍にはベビーカーがあり、可愛い男の子の赤ちゃんが気持ちよさそうに眠っていた。

「お母さんだね」

「ね」

「おめでとう」

「ありがとう」

実は、彼女と会うのはこの日が3回目だった。

1回目は2016年2月、僕が初めて仕事でブラジルに滞在した出張旅行からのエミレーツ航空の帰国便で、僕は乗客、彼女は客室乗務員という関係だった。

その日のドバイ発大阪行きのフライトは、なぜかずいぶんと乗客が少なかったこともあり、彼女もあまり忙しくない様子で、何かの拍子に雑談を交わしたのをきっかけに、そのままわりと長い時間を雑談して過ごしたのだった。

ポーランドのヴロツワフ出身の彼女には地元で暮らす10代の妹がいて、日本の漫画や文化が好きな子だから、今度ドバイに会いにきたタイミングで日本に連れていこうと思っているという話をしてくれた。

それを聞いて、それなら一緒に鳥取に遊びにおいでよ、夫婦で歓迎するからと声をかけたところ、ぜひという話になって、飛行機を降りる前に連絡先を交換したのだった。話していて、僕の妻とも自然に仲良くなれそうな印象を受けたので、夫婦で良い友達になれたらいいなと期待しながらその日はお別れした。

2回目に会ったのがその5カ月後で、本当に妹を連れて遊びにきてくれた。

東京、京都、大阪を経て、最後に高速バスで鳥取を訪ねてくれたのだけれど、わが鳥取もついにその3大都市に並び立つ日を迎えたようで、なかなか感慨深かった（しかも、鳥取がいちばん気に入ったということだった）。

しかし、さすがアラビアの砂漠に住んでいるだけあって、鳥取砂丘に案内してあんなにリアクションが薄かった訪問客は、後にも先にも彼女だけだ。

一方、ドバイにも鳥取にも見慣れていなかった妹のヘレナは、「この鳥取砂丘は砂と海と緑が1枚の絵の中に入ってて、ドバイの砂漠とはまた違う魅力があるね」とコメントしてくれた。鳥取の観光担当の方はぜひメモしておいてほしい。

あとは100円ショップと100円パンの店に連れていったら、2人そろって感動してくれた。でも、いちばん僕の心に残ったのは、まだ生後2カ月だったうちの息子の面倒を2人が一緒に見てくれたことだ。

とくにマルレーナは、年の離れたヘレナが幼いころによく世話をしていたとかで、慣れた手つきで息子を抱き、ミルクをあげるのまで手伝ってくれた。何より2人とも妻ともすぐに打ち解けて、2日間と短いながらも、忘れられない楽しい時間になった。

そして3回目の今回。再会の目的の一つが、出産祝いを渡すことだった。

彼女が結婚したのはSNSを通じて知っていたけれど、お母さんになっていたことを知ったのは、ドバイに向けて出発する2日前だった。急いでメッセージを送って赤ちゃんの性別と名前を確認し、現地で会う約束をした。ライオンを意味するレオンという名前の男の子だとわかったので、ライオンの絵が描かれた小さな子ども向けサッカーボールを買って、持っていくことにした。

やがて、眠っていたレオンくんが目を覚ました。少しぐずりかけた彼を、抱っこさせてもらった。大きな赤ちゃんだった。聞けば、生後2カ月だという。マルレーナが鳥取に遊びにきて、うちの息子を抱いたときとまったく同じ月齢だった。

子を授かるという奇跡

その生後2カ月だったわが家の息子も、この原稿を書いているいまでは6歳になっている。あらゆる生命、あらゆる赤ちゃんの誕生が奇跡であるのと同じように、僕ら夫婦にとっても彼の誕生はまさに奇跡だった。

2015年にブラジルに滞在した数カ月を経て、帰国の直前に妻が初めて、子を授かることに前向きな気持ちをもてたということは、すでに書いたとおりだ。まず、これが僕にとってひとつの奇跡だった。奇跡といっても「ありえない」という意味ではなく、文字どおり「ありがたい」という感覚だ。

こうして、数カ月前に日本を離れたときにはもっていなかった希望を携えて帰国の途に着くわけだけれど、その道中の機内でも、ちょっとした奇跡のような出会いに恵まれた。

僕が後にマルレーナと知り合ったのとまったく同じ、ドバイ発大阪行きの飛行機だ。

非常口前の席に座った僕らは、離着陸の際に同じく着席した乗務員の方としばらく互いに向かい合うことになった。

そこでどちらからともなく挨拶を交わし、飛行機を降りるころには友人になっていたのが、沖縄出身で僕と同い年の明菜さんという女性だった。

最初は他愛もない会話に興じていただけだったのだが、話していくと思いがけない共通点が多く、オープンで親しみやすい彼女の人柄もあって、妻も一緒にあっという間に打ち解けてしまったのだ。

しかもこのとき、僕らは本来24時間前の同じ便に乗っているはずだった。

ところが機材トラブルでサンパウロからの出発便が4時間近く遅れ、ドバイでの乗り継ぎ便を逃してしまったのだ。そこで航空会社によって用意されたホテルに泊まり、ちょうど1日遅れでこの便に搭乗したのだった。

いま振り返ると、出会ったばかりの客室乗務員と乗客夫婦が、どうしてお互いあんなプライベートな話まで分かち合ったのか不思議な気もする。

妻がうつ状態で何年も苦しんでいたこと、いろいろ思うところあっての南米滞在からの帰路であること、そしてまさに帰国直前、結婚生活4年目にして初めて子を授かることを現実的に想像できるようになって、いまを迎えていることなどを話した。

一方で明菜さんは、妻と同じハーフメキシカンの男性と幸せな結婚生活を送っていたこと、ところが、やむをえない事情によってお互いを想い合ったまま別れを選び、ずっと暮らしていた米国を離れてドバイにやってきたこと、今後はよほどのことがないかぎり、いまの仕事を続けながら一人で生きていくつもりであることなどを話してくれた。

あの離着陸時のわずかな時間でどんだけ重たい話を分かち合ったんだという話なのだけれど、きっと、お互いにお互いが相手でなければ、あの短時間でここまでの話にはならなかっただろうと思う。そういう不思議な縁だった。

このとき僕らは、聞いていて胸が締め付けられるほどの切ない別れと覚悟を背負って生きていた、出会ったばかりの明菜さんから、「2人のお子さんは絶対にステキな子に育ちます。間違いないです！」「きっと授かれるように祈ってます。というか、絶対に授かります！　私ほんとに祈ってますね！」と、心からの思いやりと愛情に溢れた祝福の言葉を、しかもとびっきりの笑顔と一緒にいただいて、優しく温かく背中を押されるようにして日本の地に降り立ったのだった。

妻はほとんど泣いていた。飛行機を出た僕らは、空港ターミナルに至る通路を歩きながら、「いま、本物の天使に会ってたんじゃないだろうか」と真面目な顔で話していた。

そしてあの天使のような女性こそ、もし今後ご自身が望むのであれば、きっと素晴らしい相手に恵まれ、ステキなお母さんになる人だと確信していた。だから僕らは僕らで、ずっと勝手に明菜さんの幸せを祈り続けることをそこで誓った。

そうして帰国した僕ら夫婦は、ほどなくして息子を授かった。

産婦人科でもらったエコー写真とともに帰宅する車の中で、明菜さんの話になった。やっぱり本物の天使に会ったんじゃないかと、2人とも同じことを考えていた。

子育て中心生活

こうして2016年5月、僕らは人の親になった。そこから現在に至るまで6年間、ずっと子育て中心の生活を送っている。

仕事も原則、子育ての合間にできるものに絞っている。息子が生まれたばかりのころは家の近くにテナントを借りて、そこを拠点に第2次寺子屋とコンサルタント業をやっていたのだけれど、その一室を授乳と育児の専用ルームにして、僕の仕事中でも妻と息子が一緒に過ごせるようにした。

寺子屋に親子で通ってくれていたあるお母さんがその様子を見て、使わなくなったベビーベッドをテナント用に寄付してくださった。そのベッドは寺子屋のメインフロア、つまり僕の仕事スペースに設置したので、妻が買い物に出かけている間など、すぐ脇のベッドに寝転がした息子の様子を見ながら働くことができた。

そういえば、息子が生後半年のころに妻が胆石の手術で5日ほど入院したことがあって、そのときもこのベビーベッドに息子を転がした状態で、クライアント企業の方にご足労いただいた。

幸い先方も子育て中のパパ達で、このときは男性3人で順番に赤ん坊を抱っこしながらミーティングを行った。いま思い出してもありがたい話だ。しかも途中で息子が泣き出したので、オムツ替えとミルクもやりながら、企業のブランディングと新規事業開発について話し合った。

ちなみに、このときは毎日、行きつけの韓国家庭料理店「チェジュ」で晩ごはんを食べた。お客さんが少なくなる遅めの時間に行って、僕が食べている間、店のオモニ（お母さん）がずっと息子を抱っこしてくれた。彼女は他界した僕の母に代わるかたちで息子の

「鳥取のおばあちゃん」になってくれていて、息子も彼女を「ハルモニ（おばあちゃん）」と呼んでいる。そんなハルモニがつくるチャプチェとチヂミは、いまでも彼の大好物だ。

第2次寺子屋といえば、息子が歩きまわるくらいになったころ、何か親子で参加できる習い事のひとつでも始めてみようかということになった。

ところが、結果的にしっくりくるものを見つけられなくて、結局自分の寺子屋で何かやることにした。消防士として地元で働いていた小学校の同級生が、ちょうど自分の子どもを見てほしいといって連絡をくれていたので、その子達とその従兄弟達に息子も混ぜて、週に1回寺子屋で集まるようになった。

5人いて下は赤ちゃん、上は幼稚園児というメンバーだったので、習い事というよりは、ちょっと非日常的な遊びの時間という感じだ。ほとんどその日思いついたことをワイワイやっていただけだったが、みんな楽しそうにしてくれていた。

その後、2019年に縁あって浦和に移住してからは自宅と仕事場を同じにしているので、仕事部屋に息子の机や本棚を置いて「シェアオフィス」をつくった。

コロナ禍が始まって幼稚園が閉鎖していた間は、妻が集中して家事をするタイミングで息子もオフィスに出勤してもらい、僕が「フットリンガル」のオンラインレッスンや企業とのミーティングをしている隣でお絵描きやブロック遊びをしてもらっていた。気がつくと部屋中がパトカーの絵で溢れかえっていた。

ちなみに小学校受験は一瞬検討したけれど、まず親である僕や妻がいろんな意味で耐えられなさそうだったのでやめた。息子のお友達のママの紹介で幼児教室的な場所には1年だけ通った。楽しかったようだけれど、1年経って続けるか尋ねたら「もう大丈夫」ということだったので、そのまま退会した(「もう大丈夫」って何だ?)。

「トミカ」や「プラレール」にハマっていたときは、次から次にすぐ買い与えるのは避けたい、かといってまだ家のお手伝いなどの「仕事」を頼める年齢でもなかったので、書店で売っている線を引いたりするワークやひらがなワークとかをやってもらうことにした。これは親子でわりと真面目に取り組んだけれど、乗り物のおもちゃを買わなくなったタイミングで自然とやらなくなってしまった。

最近は、見ていて不思議なくらいのサッカー小僧になったこともあり、一緒に過ごす時間はサッカーばかりやっている。加えてこの前のクリスマスは息子の願いを聞いてくれたサンタさんがサッカー盤を置いていってくれたので、しばらくはサッカーとサッカー盤でひたすら遊ぶ生活が続くことになりそうだ。

こうして振り返ってみると、子育て中心とか何とか言ってるけど、要するに、僕が息子と一緒に過ごしたかっただけのような気がしてくる。

事実「何でもいいから一緒に過ごす」ということ以外、ほぼ何ひとつ継続的にはやれていない。せいぜいたくさんおしゃべりしていることくらいだ（この「おしゃべり」だけは、わりとちゃんとやっている）。

でも、とりあえず、いまのところはそれでいいと思っている自分もいる。だって、やっと会えたのだ。昔から子育てが夢だったので、ついに会えたぞ、いてくれるだけでありがとうという気持ちがいまも続いている。

とはいえ、時間とともに、自分一人の時間、夫婦二人で過ごす時間の必要性も痛感するようになってくる。たとえば家にいるとき、僕がまさにこれから何かしようと動き出す絶妙なタイミングで、見事に「パパー」と呼び止められ、一瞬で息が詰まってメンタルがやられる回数は明らかに増えた。愛していても、やはり適度の距離というのは必要だ。

毎日息子を預かってくれるだけでなく、園でのさまざまな活動を通じて、ある意味で親以上に子育てをしてくださっている幼稚園の先生方、スタッフのみなさんには、ただただ感謝の気持ちしかない。

ところで幼稚園といえば、入園前に夫婦でめちゃくちゃビビっていたことがあった。保護者同士の付き合いだ。

夫婦そろって日本の一般的な社会の枠組み、時間の流れから著しく逸脱していた時期が長かったため、まず普通に馴染めないだろうと思っていたのだ。僕に至っては、「月曜から金曜が平日で幼稚園の日、土曜・日曜が週末でお休みの日」という一般的なカレンダーの世界に完全復帰することだけでも、相当の精神的ハードルを感じていた。

そんなだったから、夫婦で「たとえ誰とも仲良くなれなくても、2人で支え合ってやっていこう」的な話までしていた。いま思うと滑稽な話だが、当時は真剣にそんなことを考えていた。

実際に入園してみたら、幸いにも良い人ばかりだった。1年目から、お迎えのあとや週末に一緒に公園に行ったり、予定の合った平日にランチやお茶に行ったりと、入園前のイメージからは考えられないくらい、ほかのママ達とたくさんの時間を過ごすことになった。

仕事の時間に融通を利かせられたこともあって、お声がかかったときは公園遊びでもママ友ランチでも、とりあえず参加することにしていた。うつ状態に長らく苦しんだ経験をもつ妻の中には人を怖がる気持ちがまだ残っていたこともあり、毎回ではないにせよ、一緒に出かけたほうが良さそうだったというのもあった。どうしても女性ばかりのなかに男性一人になることが多かったので、最初は僕も気を使ったし、おそらくみなさんもそうだったのでないかと思う。それでも子ども達や幼稚園の話をしているうちにしだいに打ち解けてきて、気がつくと、何人かの親しいママから「ママ友」と呼ばれるようになっていた。個人的にはとても光栄なことだった。

それにたんにママ友だけでなく、夫婦同士や家族同士にご親戚まで加わって仲良くさせていただいているファミリーや、息子の直接のお友達だけでなく、そのお兄ちゃんやお姉ちゃんも含めて一緒に遊んでくれるファミリーにも出会えた。僕らが夫婦そろって新型コロナに倒れたときに、食料などの支援物資を何もいわずに玄関先に届けてくれたご夫婦もいた。本当にありがたいことだ。

当初はあんなにビビっていたけれど、思い切って飛び込んでみてよかったと思っている。ちょうどもうすぐ卒園のタイミングで、みなそれぞれの小学校に別れていくことになる。息子もついに小学生になるわけだが、お陰様で今度は幼稚園に入る前と違って、僕もあんまりビビっていない。

生まれて初めての子育て生活、幼稚園ではおもに「ママ友」に恵まれたが、いわゆるパパ友的な人達との出会いもあって、面白いことにその多くは「フットリンガル」の生徒である選手達だった。

まずは前章にも登場した遠藤航くんがその筆頭だ。20歳で父親デビューを果たし、23歳で3児の父、28歳で4児の父となった彼は、僕が心から尊敬している父親界の大先輩だ。異国の地で暮らしながら、ご夫婦そろって涼しい顔で4人の元気な子どもたちを育てている（少なくともそう見える）。4番目のお子さんが生まれて間もないころ、ご夫人と赤ちゃんが2人だけで日本に帰国している間、ドイツに残った航くんが一人で他の3人の子達を2週間、普通に見ていたこともあった。

生徒のなかでは、同じくサッカー選手として日本代表経験ももつ鈴木武蔵くんも3児の父だ。その特異な生い立ちもあって、深い洞察力と人間観を自然に育んできた彼は、子育てや教育に関しても独特の視点と信念をもっている。

レッスン中にひょんなきっかけで教育談義に花が咲いたり、彼らの居住先の学校や幼稚園の様子について教えてもらったり、逆にこちらの幼稚園の話をしたりと、お互いに父親としていろいろな話をすることも多かったりする。

そういえば、そんな話の流れで一度、遠藤家の長男くんが生徒になったこともあった。

当時、彼がハマっていた「スプラトゥーン」というゲームで、有料アイテムのタコか何かをゲットするための条件として、タコの足の数と同じ8回、僕のレッスンを受けるというミッションが課されることになったのだ。

航パパの狙いとしては、最初はゲーム目当てでも、レッスンを重ねるうちに学びそのものの喜びに目覚めて、そのまま続けてくれることを期待していた。

僕もそれに応えようといろいろ工夫し、実際それなりに楽しんでくれている様子だったのだけれど、8回目のレッスンが終わった瞬間に即、ゲームの世界に舞い戻り、そのまま戻ってくることはなかった。

力不足でごめん、と思った。でも、僕も息子と接していてこれと似たような瞬間ってやっぱりあるので、正直にいえば、ある種の共感と親近感もあった。

つくづく、子育てというのは正解のない世界だ。まさに遠藤航選手の著書『DUEL 世界に勝つために「最適解」を探し続けろ』（ワニブックス）にも記されているとおり、「『最適解』を探し続け」るしかない。この前までは大好きだったものが急にそうではなくなったり、克服できたと思ったことでまたつまずいたり、子どもの成長や変化というのは予測ができなくて、でもだからこそ見守りがいもある。

親としてはあまり一喜一憂しすぎず、ひとつひとつの変化を落ち着いて受け止めながら一緒に歩んでいけたらいいなと思っている。

斜めの関係

ここまで子育てについて書いてきたけれど、一方で「親として」みたいな思考にあまり囚われすぎず、むしろ親という存在の限界を早くから自覚しておくことも、実はかなり大切なんじゃないかと思っている。

高校時代、ある信頼する誰か、尊敬する誰かの言葉に深く納得・共感して、それを母親に伝えたとき、「それ、私がいままで散々言ってきたのとまったく同じ話じゃないの！」とほとんど嘆きのような言葉が返ってきたことがあった。「親が100回言っても伝わらんことを、赤の他人が1回言ったら急に聞く」と言っていたこともあった。それはあんたにも問題があるからだろう、と当時は忌々《いまいま》しく感じていたものだが、一方で息子としてでちょっとだけ申し訳ない気持ちもあり、客観的に状況を考えると変な話、ある種の同情のような感情も湧いてきた。いまでもこうして覚えているくらいだから、母のあの言葉はわりと心の深いところに届いていたのだろう。

いま、自分も親になった立場であらためて母のあの言葉を思い出すと、当時と違って何だか知恵の言葉みたいな響きを感じる。僕が大人になったのかもしれない。

この彼女の言葉で面白いのは、解釈の余地に幅がある点だ。「親の100回より他人の1回」と捉えることもできる一方で、「親の100回があったからこそ他人の1回が響いた」と理解することも可能だ。むしろ、そこに親の役目があるとすら考えている。

僕が高校時代にもっとも影響を受けた「赤の他人」の一人は、学校の近くの食堂「元気茶屋ラダック」店主の伊藤由紀彦さんだったけれど、そもそもこの店を僕に紹介したのが、ほかならぬ母自身だった。

曰く、「あなたにはああいう場所が必要だと思った」とのことだったが、そう言いながら、いざ僕が明らかに母より伊藤さんの言葉を信頼するようになったのを感じると、おそらく嫉妬もあって嘆き節を口にするようになった。

自分で紹介しておきながら、どこまで面倒な人なんだと当時は思っていたが、いまはようやく、記憶の中のそうした母の姿にも、ある種の可愛さを見出せるようになっている。

当時の僕にとって、あの食堂は心安らぐ「第3の場所」であり、伊藤さんの存在はいわゆる「斜めの関係」だったということになる。斜めの関係というのは、親や教師といった縦の関係や、友達のような横の関係とも異なる、絶妙な距離感の大人のことを表す。そういえば僕は幼いころにも、たまにしか会わない叔父が、なぜか父より親しみやすい存在のように感じられた時期があった。いまにして思えば、あれも典型的な斜めの関係だった。

かつて鳥取の寺子屋に学んだ教え子達は、息子の誕生後、それぞれの帰省のタイミングで順番に会いにきてくれた。すっかり物心がついたあとにも遊びにきてくれることがあって、息子はそんな歳の離れた訪問者のことを「ともだち」として認識している。ありがたいことに、教え子の側もその関係を喜んでくれている。彼がそういった「ともだち」と遊んで過ごすとき、僕も妻もなるべく姿や気配を消すようにしている。息子自身にもそれを良しとしている雰囲気があるので、間違ってはいないようだ。

幼稚園での保護者面談でも感じることだが、子どもというのは幼児にしてすでに、親の知らない姿をいくつももっていたりするもののようだ。ただ、ある意味でそれは当然といえる。僕ら夫婦の遺伝子を受け継いでいるので、見た目の特徴や性格の一部はたしかに似ているけれど、そもそも妻とも僕ともまったく別個の独立生命体なのだ。もっといえば、〝独立面白《おもしろ》生命体〟だ。

ありがたい斜めの関係のみなさんによって、今後も彼の個性が自然に引き出されていく様子を、夫婦で楽しみに見守っていきたいと思う。

奇跡は起きる。砂漠で命に祝福を

舞台は再びドバイの「シッカ・カフェ」に戻る。

マルレーナと僕は談笑を続けていた。美味しいスパニッシュラテを飲みながら、彼女の結婚相手のこと、妹ヘレナの近況、マルレーナ自身はドバイに8年くらい住んでいるけれど、ブルジュ・ハリファには一度も行ったことがないことなどを教えてもらい、僕も妻や息子の近況を、写真を見せながら話した。

そうしているとちょうど妻と連絡がつながったので、ビデオ通話で息子も一緒に画面越しの再会を祝った。もちろん、息子は生後2カ月の記憶などなかったが、知らないヨーロッパのお姉さんにミルクを飲ませてもらっている写真のことは覚えていたので、少し照れながらも嬉しそうにしていた。

出産祝いのライオンちゃんのサッカーボールも渡した。包装を開いて中身を確認した途端、パッと顔を輝かせて喜んでくれた。

その後も、レオンを抱っこさせてもらいながらのんびりおしゃべりを楽しんでいると、ふいに視界の奥にこちらに向かって手を振る人の姿が見えた。この日のもう一人の待ち合わせ相手が向かってくるところだった。久々に再会する僕とマルレーナに、積もる話もあるだろうからと気を使い、あらかじめ遅れて合流すると連絡をくれていたのだ。

「こんにちはー。ゆっくりお話できましたか?」

「こんにちは。ありがとうございます。お陰様で、ゆっくりと」

「マルレーナ、こちらがさっきも話した元エミレーツ・クルーのアキナ」

「明菜さん、こちらがマルレーナ。で、この赤ちゃんがレオンくん」

「Nice to mee you, Akina」

「Nice to mee you too, Marlena」

ドバイで出会ったアイルランド出身の男性と再婚し、いまでは2児のお母さんになっていた明菜さんも一緒に、3人（と赤ちゃん1人）でお茶をする約束をしていたのだった。そう、あの日の祈りはお互いに通じていたのだ。

彼女がお母さんになったことを知ったとき、僕は思わず泣いた。妻も同じくだ。勝手ながらずっと願っていたことが叶った嬉しさで、言葉より涙が先に溢れてしまったのだ。

この日から遡ること数日、明菜さんとあの日の機内で知り合って以来の7年ぶりに再会し、パートナーのブレンダンも紹介してもらい、そのまま夜はご自宅に泊まらせてもらっていた。妻が僕に託していた日本の食材やおやつの詰め合わせも無事に渡した。もともとはご夫婦のために入れたつもりの「柿の種」を見た3歳の長男トーマスが、「スパイシィ！」と叫びながら異様に食いついてきた。生後5カ月のジェシカにも挨拶をした。驚くほど愛想の良い子で、すぐに笑って僕の指をつかんでくれた。2つの奇跡と新たに出会った1日になった。

この夜、ブレンダンの運転するパジェロで、近くの砂漠に連れていってもらった。砂の感触が故郷の鳥取砂丘に少し似ていた。音のない砂漠から夜空を見上げると、星がいくつか光っているのが見えた。

再び機内での出会いを思い出し、その数日前、妻が親になる意志を口にした日のことを思い出した。

大学生活8年目のあの日、東大前の学生寮でネイマールの動画を観なければ、そこからブラジルを繰り返し目指さなければ、妻の回復にはもっと時間がかかっていたかもしれないし、そのまま一緒に息子の親になれたかどうかもわからない。そもそも大学を休学して卒業の時期を延ばし、メキシコに行かなかったら、きっと妻に出会うことすらなかった。

上京して東大に入学してすぐに小松先生に出会い、あの切実な違和感を打ち明け、そして受け止めてもらえていなかったら、まず僕自身が遅かれ早かれ決定的に壊れてしまっていたかもしれなかった。

こうした無数の「もし」を一つ一つ細かく取り出して並べていったら、ほとんど天の川みたいな膨大さになってしまいそうだった。

妻の人生の夫役を任され、息子の人生の父親役を任された、いまのこの愛すべき人生に無事にたどり着けた事実が、いかにたくさんの奇跡の上に成り立っていたのかを思い出し、天に感謝の祈りを捧げた。

おわりに

突然だが、僕の父には自分の父親の記憶がない。

まだ父が生後4カ月だったある雨の日、父親が農作業中に落雷にあって即死したためだ。そのため父は、間もなく家に入った継父を生物学上の父親と信じて育ち、自分の戸籍上の扱いが「養子」であることを知ったのは、高校受験前にたまたま戸籍謄本を目にしたときだったという。

そんな父には3歳年下の弟がいる。僕の叔父にあたる人物で、地元の鳥取で自動車販売員として長年働いてきた。ゴルフを愛し、休日の多くは練習かラウンドに出かけ、夕方になると帰宅して家族にカレーをつくる。僕の車も彼のところで買った。端的にいって、叔父との仲は良いほうだと思う。

その気の良い叔父は、落雷によって祖父がその命を落とすことがなければ、間違いなくこの世に存在していなかったことになる。

この一件が父の人生に及ぼした影響も考えれば、僕が誕生した可能性も相当危うくなる。

あるいは万が一、祖父が生き延びて僕も生まれる人生があったとしても、その世界にはあの愛すべき叔父は存在しないことになる。

その日、その時、その場所に落ちた、たった1本の雷が自分の存在の根源に深く刺さっている事実を突然はっきりと自覚したのは、20歳を迎える少し前のことだった。

ちょうどあの科学史の授業を受けて、自分にとっての死生《しせい》とは何だろうと考えを巡らせていたころのことだった。

人は本当にいつ死ぬかわからず、この命は奇跡のような確率の上に存在している。

一度も会うことの叶わなかった祖父が、結果的に自らの命と引き換えに遺してくれた大切な教えだ。同時に、人と人とが出会いつながることもまた、どれほど奇跡的なことなのかを深く認識させられることになった。

以来、それまで以上に雷に敏感になったが、同時に人との出会いや、日常を支えている無数の奇跡にも同じく敏感になった。

新たな人との出会いを喜び、そうした出会いで変わっていく自分の人生を楽しみながら歩むことが、僕にとっての自分らしい生き方、自分の時間を歩む生き方だったのではないかと、いま、あらためて振り返って思う。

本書の企画は、生徒であり友人でもあるプロサッカー選手の鈴木武蔵さんに、徳間書店のブックプロデューサー・苅部達矢さんをご紹介いただいたことから始まった。

この御二方の存在なくして本書は誕生しておらず、その恩の大きさを思うと感謝の言葉が見つからない。そこでこの場を借りて、読者のみなさんに本を1冊宣伝したい。

すなわち、苅部さんの企画・編集による鈴木選手の著書、『ムサシと武蔵』である。

同書は日本とジャマイカという2つのルーツを背景に育った著者が経験してきたさまざまな苦悩や葛藤、その克服の過程が赤裸々に綴られた1冊で、たんなるアスリートの成功物語ではない。

己の存在の意味や資格を自問自答しながら真摯に生きる人間の物語に深く心を打たれるのは、きっと僕だけではないと確信している。ぜひ、多くの方に手に取っていただきたい。

またこのお2人と同じく、この本の制作過程に携わっていただいたすべての方々にも謝意を表明したい。みなさま、ありがとうございました。なかでも、イラストレーターのゲンジタカハシさんは、そのステキな絵で本書に命と風を吹きこんでくださった。

謝辞を始めてしまうと止まらないので、あと数人だけ。

東京大学で入学初日から卒業までお世話になった恩師・小松美彦先生には、あらためて特別の感謝を申し上げたい。当時、先生との出会いがなかったらと想像するだけでも恐ろしい。あの期末試験の最後の問題に対するより詳細な回答として、勝手ながら本書を提出させてください。（あ、成績はつけていただかなくて大丈夫です）

両親にも深く感謝している。

テレビ局勤めで言葉を扱うことも仕事の一部だった父が、呼吸するように自然に辞書を引く姿を見て育ったことは、僕が言葉に親しむ人生を送るうえで少なくない影響があったように思う。

主婦業と育児の合間を縫って絵を描いていた亡き母は、本格的に書くということを僕に勧めてくれた最初の人物だった。僕の学生生活が長引いたせいで卒業する姿を見られなかった彼女の墓前にも、多少の罪滅ぼしがてら本書を捧げておきたいと思う。

このほか、本書に登場した愛すべきみなさんと、残念ながら登場させられなかった恩人・友人・知人のみなさんにもあらためて謝意を伝えたい。「自分が登場していないじゃないか」とご不満・ご傷心の方もおられるかと思うので、いまここでまとめて謝っておく。

すんませんでした！

最後に、妻と息子と猫のソフィー。いつもそばにいてくれてありがとう。朝起きて、君達の姿が見えるだけで僕は毎日幸せです。この本を書いている間、おそらく初めて家族との時間を後まわしにして机に向かったけれど、理解と協力をありがとう。

あとは、もし神様の助けによって、また新たに子を授かる日がくるとして、その子のためにも一言。この本は君のためにも書いてるよ！

そして最後の最後に、読者のみなさん。このたびは多忙な日常のなかで本書を手に取っていただいたばかりか、最後までお読みいただきありがとうございました。

お楽しみいただけたでしょうか。もしご感想など送っていただけるのでしたら、専用のアドレスをつくりましたのでこちらに是非お願いいたします。

dommai8nensei@gmail.com
ひとつひとつお返事するのは難しいかもしれませんが、大切に読ませていただきます。

二〇二三年二月

タカサカモト

タカサカモト
フットリンガル代表
1985年4月12日、鳥取県生まれ。東京大学文学部卒業。
田舎から東大に進学後、人生に迷う。大学の恩師の助言で自分に素直に生きた結果、メキシコでタコス屋見習い、鳥取で学び場づくり、ブラジルの名門サッカークラブ広報、ネイマール選手の通訳などを経験。その後、フットリンガルを創業し、国際舞台での活躍を志すプロサッカー選手を中心に、語学や異文化コミュニケーション等を教えている。高校卒業までは鳥取弁しか話せなかったが、20代で英語・スペイン語・ポルトガル語を習得し、現在は韓国語・イタリア語・ドイツ語を学んでいる。浦和で子育て中心の生活を送る1児の父。
Twitter：@grantottorino
Instagram：@takafotos

イラスト　ゲンジタカハシ
装　丁　坂井栄一（坂井図案室）
校　正　月岡廣吉郎　安部千鶴子（美笑企画）
組　版　キャップス
編集協力　Morley K. Harrer
編　集　苅部達矢

東大8年生 自分時間の歩き方

第1刷　2023年2月28日

著　者　タカサカモト
発行者　小宮英行
発行所　株式会社徳間書店
〒141-8202　東京都品川区上大崎3-1-1
目黒セントラルスクエア
電　話　編集(03)5403-4344／販売(049)293-5521
振　替　00140-0-44392
印刷・製本　株式会社広済堂ネクスト

ISBN978-4-19-865605-8